Für eine gute Weihnachtszeit

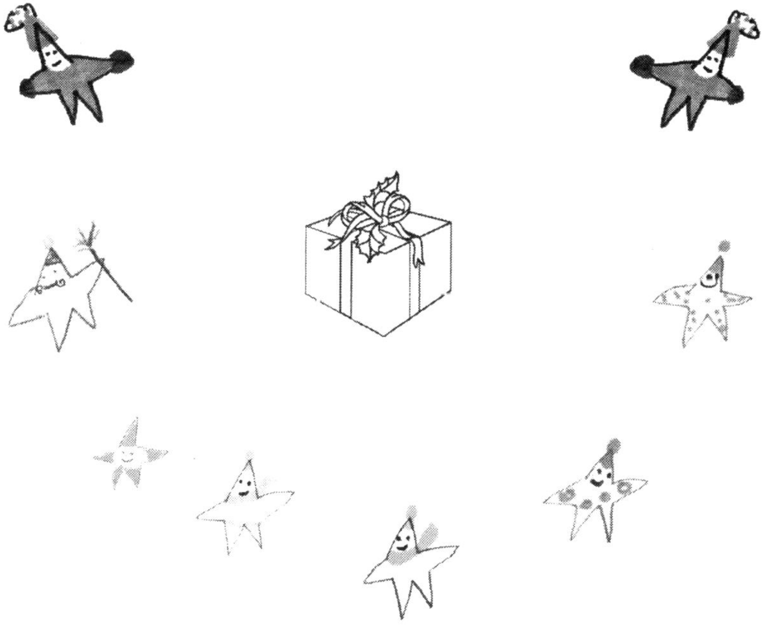

Bernd Hennig, 1971 in Hamburg geboren, erstaunte seine Lehrer bereits im Alter von zwölf Jahren mit kreativen Aufsatzideen. In seiner Jugend bot sich jedoch kaum Gelegenheit, sein Talent weiterzuentwickeln.

Nach einer technischen Berufsausbildung studierte er Informatik an der Universität Hamburg. Während dieser Zeit entdeckte er sein Schreibtalent wieder und nahm an kreativen Schreibwettbewerben teil, bei denen er mehrfach Preise gewann.

Seit 2004 hat er die stimmungsvolle Vorweihnachtszeit genutzt und jedes Jahr ein bis zwei Weihnachtskurzgeschichten verfasst, von denen er die schönsten in seinem Debütwerk veröffentlicht.

Bernd Hennig

Weihnachten sitzen wir alle in einem Boot

24 unglaubliche Weihnachtsgeschichten

www.tredition.de

© 2020 Bernd Hennig

Umschlag, Illustration: Bernd Hennig

Stern-Zeichnungen: Liv Hennig (8 Jahre)

Lektorat, Korrektorat: Mentorium GmbH

Verlag & Druck: tredition GmbH, Halenreie 40-44, 22359 Hamburg

ISBN

Paperback   978-3-347-06786-8

Hardcover   978-3-347-06787-5

e-Book   978-3-347-06788-2

Das Werk einschließlich seiner Teile ist urheberrechtlich geschützt. Jede Verwertung ist ohne Zustimmung des Verlages und des Autors unzulässig. Dies gilt insbesondere für die elektronische oder sonstige Vervielfältigung, Übersetzung, Verbreitung und öffentliche Zugänglichmachung.

Die Geschichten sind frei erfunden. Ähnlichkeiten mit real existierenden Personen oder Situationen sind rein zufällig.

Danksagung

Auch wenn der Autor eines Buches in der Regel viel Zeit und Mühen in sein Werk steckt, gibt es auch immer Menschen, die ihn unterstützen. Lange Zeit habe ich nicht daran gedacht, meine Geschichten jemals einem breiten Publikum zu präsentieren. Mehr aus einer Laune heraus bekam eine Freundin dann doch eine Geschichte zu lesen. Später erzählte sie mir, dass sie im Kreise ihrer Familie jedes Jahr zu Weihnachten diese Geschichte zusammen lesen würden. Im Laufe der Zeit wurde der Zuspruch von Freunden, aber auch aus meiner eigenen Familie größer und das Buchprojekt nahm seinen Lauf.

Ich danke meinen Freunden für ihren positiven Zuspruch, meiner Familie für die Unterstützung, indem sie mir Zeit zum Schreiben ließ und mir half, das Cover zu gestalten. Schließlich danke ich den Lektoren für ihre mühsame Arbeit. Einen besonderen Dank schicke ich an dieser Stelle in die Gemeinde Harsefeld.

Vorwort

Weihnachten ist eine besondere Zeit im Jahr. Wir besinnen uns auf die Familie und setzen viel daran, mit Ihr zusammen schöne, besinnliche Tage zu verbringen. Es ist eine Zeit der besonderen Stimmung, die uns erlaubt, unser Umfeld herzlicher wahrzunehmen. Wer kennt nicht den Spruch: „Ich bin noch nicht in Weihnachtsstimmung!" oder „Dieses Jahr kommt bei mir kein weihnachtliches Gefühl auf…" Aber dann geschieht es auf fast wundersame Weise doch. Plötzlich ist man bereit für Weihnachten.

Über sechzehn Jahre lang habe ich mir zu Weihnachten etwas Zeit genommen und weihnachtliche Geschichten verfasst. Dies tat ich immer dann, wenn dieses besondere Weihnachtsgefühl für mich spürbar wurde. So sind über die Jahre rund dreißig Geschichten zusammengekommen, deren Protagonisten oder Handlungsstränge nicht selten von meiner jeweiligen emotionalen Lebenssituation geprägt wurden.

Die 24 schönsten Geschichten finden Sie in diesem Buch. Ich wünsche Ihnen bei deren Lektüre viel Freude und „Frohe Weihnachten!"

Inhalt

Die Einladung 9

Weihnachten in Small Paddington 20

Der Weihnachtsmannkredit 37

Haben Sie oder nicht? 46

Es muss schon eine Nordmanntanne sein 56

Der verschwundene Weihnachtssack 62

Ganz normale Weihnachten 70

Spät dran 83

Wie man sich jeden Wunsch erfüllen kann 92

Wie gewonnen, so … 103

Weihnachten der Zukunft 115

Tradition ist Tradition 122

Weihnachten sitzen wir alle in einem Boot 132

Elefantachten 160

Ein Unfall zu Weihnachten 169

Bescherung ohne Papa 178

Ein Paket ohne Absender 183

Die fünfte Jahreszeit... 190
Angst vor dem Weihnachtsmann.................................... 200
Der singende Weihnachtsbaum...................................... 209
Die Weihnachtsbrille ...,,,,,,,,,,,....   223
Die Weihnachtsmann-App... 241
Die Augen meines Freundes 262
Ein Telegramm zum Fest 268

Die Einladung

Kapitel 1

Wie jedes Jahr freuten wir uns auf ein beschauliches Weihnachtsfest im kleinen Kreis der Familie ohne weitere Verwandtschaft. Doch dann erhielten wir am Nikolaustag eine Einladung, die Weihnachtstage bei Verwandten unweit von uns zu verbringen.

Onkel Steffen und Tante Gertrud würden uns gern einmal wiedersehen und hätten auch bereits unsere Großtante Busta Butterfield aus Amerika mitsamt ihren beiden adeligen Mitbewohnern Graf Gustav und Gräfin Elsbeth zu sich nach Deutschland eingeladen. Großtante Busta bewohnte mit ihnen zusammen ein kleines Schloss an der Ostküste.

Damals war ich erst sieben Jahre alt und fand die Idee großartig, denn ich rechnete mir aus, dass mehr Verwandtschaft auch mehr Geschenke für mich bedeutete. Schließlich wäre ich das einzige Kind an dem Abend, es sei denn, meine hochschwangere Mutter würde meine Schwester Klara vorher noch zur Welt bringen.

Vater hingegen hatte große Bedenken. Seine Schwester wohne über hundert Kilometer entfernt von uns. Zudem sei unsere Großtante eine höchst ungewöhnliche Person, da sie ihn ständig rumkommandiere und er ihren stetigen Redefluss als unerträglich empfand. Weder wollte er uns die charakterlichen Besonderheiten seiner Schwester noch seiner Frau die zu erwartenden Reisestrapazen, wenige Wochen vor der Entbindung, zumuten. Doch Mutter fühlte sich gut und war sehr gespannt auf die ausländischen Gäste, für deren Kennenlernen sich bisher noch nie eine Gelegenheit geboten hatte. So überredete sie Vater, in diesem Jahr die Weihnachtstage mit der Verwandtschaft zu verbringen.

Als wir am frühen Nachmittag des Heiligen Abend bestens gelaunt bei meiner Tante eintrafen, verließen gerade mehrere Handwerker das kleine Häuschen. Offenbar war für unsere Ankunft auf die Schnelle noch einiges hergerichtet worden. Wir freuten uns zunächst sehr darüber. Doch unsere Stimmung schlug schnell um.

Großtante Busta fing uns sogleich am Eingang ab und quartierte uns in einem feucht riechenden Kellerraum ein, in dem auch sie schlafen würde. Zu den zwei alten, notdürftig zusammengeschraubten Federbetten hatte sie, zwischen verstaubten Möbelstücken und alten Kartons, zwei nagelneue Luftmatratzen hinzugelegt, die Onkel Steffen bereits aufgeblasen und Tante Gertud bezogen hatte. Das müsse für zwei Nächte reichen. Das einzige Gästezimmer im Obergeschoß sei für ihre Mitreisenden vorgesehen, die es standesgemäß komfortabel haben sollten. Das Haus von Gertud und Steffen hätte einfach zu wenig Zimmer, meinte sie erklärend. Sie könne sich kaum vorstellen, wie man hier längere Zeit wohnen solle, ohne an Klaustrophobie zu erkranken. Noch während wir uns im Keller behelfsmäßig einrichteten, berichtete sie von ihren Reisestrapazen und den vielen Vorbereitungen, die aus ihrer Sicht nötig gewesen wären, um den heutigen Abend in angemessener Weise vorzubereiten.

Vater hatte Recht. Sie hörte nicht auf zu reden. Während meine Eltern sprachlos ihren Monolog aufnahmen, strahlten Gertrud und Steffen über das ganze Gesicht. Sie freuten sich über die bevorstehenden Festlichkeiten mit der Familie. Tante Busta führte uns in das aufwendig umgestaltete Wohnzimmer.

Die Handwerker hatten ganze Arbeit geleistet. Eine schwere Schrankwand wurde entfernt, wie man an den schwarzen Staubrändern an der langen Wand erkennen konnte, und beengte im Keller den spärlichen

Raum zusätzlich. An ihrer Stelle war ein prächtiges Krippenspiel aufgestellt worden, das durch das flackernde Licht eines nagelneuen Elektrokamins dezent wärmend angestrahlt wurde. Daneben waren drei mit echten Wachskerzen bestückte Tannenbäumchen aufgestellt. Alles war mit auffallend viel Kunstschnee dekoriert, der bei der Begehung des Zimmers aufwirbelte und sich so gemächlich in alle Ecken des Raumes verteilte. Wir waren von der Detailtreue der Aufbauten beeindruckt. Besonders unser Onkel liebte die Profundität des Ensembles. Seine Augen strahlten vor Freude. Unter den Tannen waren viele Geschenke in unterschiedlichen Größen zu sehen, was auch mein Herz höherschlagen ließ. Ich hoffte, dass meine Rechnung aufgehen würde.

Vor all dem, gut erkennbar hervorgehoben, stand ein kleines Rednerpult. Tante Busta zeigte darauf und verkündete stolz: „Und hier werde ich heute Abend mein selbstverfasstes Gedicht, exklusiv für euch, als Premiere vortragen. Ich habe mehrere Wochen daran gearbeitet. Ihr werdet mit Sicherheit begeistert sein." Sie zog eine kleine Taschenflasche aus der Innenseite ihres Jacketts. Dem kurzen, aber kräftigen Schluck daraus folgte ein Vortrag über die hauseigene Herstellung und der Warnhinweis, dass man so Hochprozentiges nur in geringen Mengen konsumieren sollte, da man Gefahr liefe, sonst die, für so einen Abend angebrachte, Haltung zu verlieren. Offenbar hielt sie es für besser, uns nichts davon anzubieten.

Als wäre der Schnaps Treibstoff für ihren Sprechdrang, beschleunigte sie ihren Vortrag und mahnte uns jetzt zu Eile. Schon bald würden Graf Gustav und Gräfin Elsbeth von ihrer Einkaufstour aus der Stadt zurückerwartet. Dort waren sie bereits seit den frühen Morgenstunden unterwegs. Sie wollten ihren Kurztrip nach Übersee auch für Einkäufe nutzen und anschließend den Abend mit uns in Ruhe verbringen. Dafür sei noch viel zu tun.

Sie erteilte uns Anweisungen für die restlichen Vorbereitungen. Meine Mutter sollte die Schwangerschaft nicht als Ausrede nutzen und daher zusammen mit Gertrud in der Küche die Gänse zubereiten. Sie habe dazu heute Morgen einen großen Geflügelbräter montieren lassen. Wir sollten nicht über die Leitungen stolpern, die dafür quer durch die Küche verlegt worden waren. Anschließend sei der Wohnzimmertisch festlich einzudecken. Wir Männer sollten die Weihnachtsdekoration für den Außenbereich auspacken und im viel zu kleinen Vorgarten aufstellen. Sie würde die Nachbarn fragen, ob man nicht auch deren Garten zusätzlich nutzen könnte. Es sei ja nur für zwei Tage. Sie klatschte in die Hände und trieb uns damit unmissverständlich an …

Kapitel 2

Während wir uns bei leichtem Schneefall bemühten, einen riesigen Weihnachtschlitten mit Holzrentieren aus der sperrigen Verpackung zu puhlen, brach am Nachbarszaun ein regelrechter Streit über die Nutzung der nachbarlichen Gartenfläche aus. Nachdem Gertrud aus der Küche abgezogen worden war, um diesen zu schlichten, stand am Ende fest, dass wir unter strengen Auflagen einen Teil des Nachbargartens nutzen durften. Entgegen Tante Bustas Vorstellungen einer adäquaten Inszenierung der Außenaufbauten, musste jedoch jegliche Vegetation der Nachbarn erhalten bleiben. Die Nutzung der Rasenfreiflächen war zeitlich begrenzt. Nach mehreren Stunden harter Arbeit stand endlich ein festlich beleuchteter Schlitten mitsamt Nikolaus in unserem Garten, während die dazugehörigen Rentiere den Nachbarsgarten zierten.

Sie waren jedoch nicht beleuchtet, da das Stromkabel nicht bis zu den Nachbarn reichte.

Tante Busta meinte, dass ein festlich gestalteter Vorgarten ebenso unverzichtbar für ein schönes Weihnachtsfest sei wie ein gutes Essen und man die Nachbarn daher um eine Stromversorgung bitten müsse. Aber Gertrud war sich sicher, dass ihre Nachbarn zu keinen weiteren Zugeständnissen bereit wären. Schließlich sei es auch schon spät und wir sollten langsam selbst zum Essen übergehen. Sie hatte Recht. Wir waren erschöpft und durchgefroren. Zwischenzeitlich waren Elsbeth und Gustav vom Einkaufen zurückgekehrt. Beide waren auffallend elegant gekleidet und lächelten uns immer freundlich zu. Jedoch sagten sie kaum ein Wort.

Die Einkäufe seien zufriedenstellend verlaufen und als wir ihnen stolz unsere Außenaufbauten zeigten, kam ihnen lediglich ein gräflich betontes und akzentfreies „Gediegen, sehr gediegen" über die Lippen.

Dann endlich sollte der gemütliche Teil des Abends beginnen. Auch jetzt war von den beiden kein Wort zu vernehmen. Ich stellte mir vor, dass sie mit Großtante Busta eine Art symbiotische Wohngemeinschaft bildeten. Sie schwiegen offenbar gern und Tante Busta redete gern.

Das Festessen schmeckte köstlich. Obwohl ich meine Tante während des Essens genau beobachtete, wurde mir nicht klar, wie sie es schaffte, zwei Gänsekeulen mit Knödeln und Kraut zu verschlingen, dazu reichlich Wein zu trinken und trotzdem nahezu ununterbrochen von sich zu erzählen. Viele Antworten ihrer Fragen wartete sie nicht ab. Sie unterbrach uns oder beantwortete die Fragen gleich selbst. Meine Mutter, die anfangs noch sehr an ihr interessiert war, hatte inzwischen jegliches Interesse verloren. Auch ihr war es zu anstrengend, den permanenten Monologen zu folgen, der mit jedem Schluck Wein zunehmend in ein Brabbeln überging.

Später erzählten mir meine Eltern, dass sie zu diesem Zeitpunkt bereits über eine vorzeitige Abreise nachgedacht hätten. Ich hingegen hoffte immer noch auf viele Geschenke. Doch zuvor schwor uns Tante Busta auf den vermeintlichen Höhepunkt des Abends ein: ihr selbstverfasstes Gedicht.

Entgegen ihrer eigenen Warnhinweise hatte sie viel zu oft Gebrauch von ihrer Schnapsflasche gemacht und trat wankend ans Rednerpult. Wir alle hofften, dass der erkennbar übermäßige Alkoholkonsum ihren Rededrang mindern oder zumindest das Gedicht verkürzen würde. Wir wurden enttäuscht.

Nach einer halben Stunde schnarchte Onkel Steffen neben mir. Mutter hatte mehrfach die Toilette aufgesucht und Vater hatte Mühe, seine Augen offen zu halten. Tante Busta trug eine unverständliche Verskette vor, die streckenweise unartikuliert in einem dumpfen Nuscheln versickerte. Sie torkelte von einem Bein aufs andere, dabei verdrehte sie mehrfach ihren Blick und verschnaufte zwischen den Sätzen. Doch ihr Redefluss riss nicht ab. Ich glaube, dass sie sich ihren Vortrag anders vorgestellt hatte. Aber dann machte sie etwas, womit sie schlagartig unsere volle Aufmerksamkeit wiedererlangte.

Mit einem Glas ihres selbstgebrannten Schnapses in der Hand prostete sie uns zu und wollte gerade zum finalen Höhepunkt ihres Gedichts ansetzen, als sie mit dem Glas in der Hand, ihr holpriges Versmaß unterstützend, weit ausholte und dabei den edlen Inhalt über einen der Weihnachtsbäume vergoss. Das hochprozentige Gemisch entzündete sofort eine der Kerzen und eine grelle Flamme schoss hervor, die den mittleren Weihnachtsbaum sofort in Brand steckte.

Zu unserem Schrecken stand die aufwendig hergestellte Weihnachtslandschaft sofort in Flammen.

In Panik sprangen alle auf. Geistesgegenwärtig eilte Onkel Steffen zum Telefon und wählte den Notruf. Vater zerrte Mutter und mich zur Haustür. Tante Busta schien mit einem Schlag nüchtern zu sein. Sie schob den Rest der Familie vor sich her nach draußen. Der Rauch kratzte in unseren Lungen. Alle husteten. Selbst Tante Busta musste ihre verbalen Überlegungen zu möglichen Gewährleistungsansprüchen gegenüber den Handwerkern mehrfach unterbrechen. Sie sah sich nicht als Verursacherin des Chaos, sondern sah den Fehler bei den Monteuren, die das Rednerpult viel zu dicht an die Weihnachtsdekoration gestellt hatten. Als Tante Gertrud vorsichtig Zweifel an Tante Bustas Äußerungen anmeldete, brach ein fürchterlicher Streit aus, bei dem sich alle auf ihre Weise einbrachten, bis die Feuerwehrleute sie auseinanderzerrten. Lediglich Graf Elsbeth und Graf Gustav betrachteten die Ereignisse vom Rande des Geschehens aus und beteiligten sich selbst jetzt nur mit einem förmlichen "Gediegen, sehr gediegen".

Im Krankenhaus stellte sich schnell heraus, dass meine Eltern und ich unverletzt waren. Ein Pfleger erzählte uns, dass Tante Busta in der Notaufnahme ein starkes Beruhigungsmittel bekommen hätte. Wiederholt hatte sie verschiedene Vorschläge zum Therapieverfahren unterschiedlicher Patienten geäußert und man vermutete, dass sie unter Schock stünde, da sie nicht aufhörte zu reden.

Ich war sehr traurig, nun keine Geschenke mehr zu bekommen, denn sie waren alle in Flammen aufgegangen. Aber Vater hatte die rettende Idee. Heimlich schlichen wir uns aus dem Krankenhaus und fuhren heim. Dort feierten wir in kleinem Kreis ganz ruhig und beschaulich ohne Verwandte.

Mehr wollten wir nicht.

Weihnachten in Small Paddington

Kapitel 1

Chief-Konstabler Larson holte tief Luft, als er seinen Blick durch das weit geöffnete Fenster seines Büros im Paddingtoner Polizeireviers warf. Die kalte Luft durchströmte seine Lunge und weckte die Lebensgeister in ihm. Obwohl seine Schicht erst vor einer Stunde begonnen hatte, fühlte er sich müde. Heute passierte einfach absolut nichts. Sein Blick folgte einigen Schneeflocken, die sich langsam auf den Dächern und Wegen der kleinen Stadt niederließen. Die Straßen waren heute, am Heiligabend, nicht sonderlich belebt. Wie jedes Jahr wollten alle Paddingtoner zügig nach Hause, um in Ruhe ihr Weihnachtsfest zu feiern. Sein Blick streifte über den Rathausplatz, der sowohl das Rathaus, die Polizeiwache, den Paddingtoner Pub als auch einige Geschäfte des täglichen Bedarfs miteinander verband. Schemenhaft sah er noch einige in dicke Mäntel eingehüllte Gestalten mit Besorgungen unter dem Arm, die zielstrebig über den Marktplatz huschten.

Wenn es noch weitere zwei Stunden weiter schneite,

würden die Straßenlaternen bald ihr spärliches Licht in den weißen Schnee werfen, wo es reflektiert werden würde. Der Weihnachtsmann würde sich durch seine Fußspuren verraten, dachte der Kriminalist Larson. Ihm wurde kühl. Mit einem kurzen, stechenden Quietschen hakte er den Verschluss des Fensters in sein marodes Gegenstück.

Der Chief-Konstabler sackte auf seinem abgewetzten Ledersessel hinter dem schweren Eichenschreibtisch zusammen. Seit achtundzwanzig Jahren war er nun Konstabler beziehungsweise Chief-Konstabler. Gern wäre er Chief-Inspektor geworden. Doch seine Anträge waren bislang immer abgewiesen worden. In Small Paddington würde nichts passieren, wofür man einen Chief-Inspektor benötige, hieß es von Scotland Yard immer wieder. So war er stets Konstabler geblieben. Wenn auch Chief-Konstabler. Noch bis Mitternacht musste er hier die Stellung halten, so sah es das Dienstprotokoll vor. Erst gegen 20 Uhr würde er Konstabler Johnson und Konstabler Mc. Fadden erwarten können, die derzeit mit dem Dienstwagen auf Streife in der Kleinstadt unterwegs waren. Zeitig zum 17-Uhr-Tee machten sie regelmäßig eine Pause bei Mrs.

Broockstone, der alten Konditorin von Small Paddington. Sie war zwar schon seit Jahren im Ruhestand, aber immer bestens über alle Vorgänge im beschaulichen Dorf informiert. Bei ihr bekamen die Polizisten eine Tasse heißen Earl Grey und gleichzeitig brisante Neuigkeiten über den aktuellsten Tratsch der Stadt, den sie dem Chief-Inspektor wiederum nach ihrer Streife brühwarm berichten würden. Meist brachten sie auch ein Stück Gebäck von Mrs. Broockstones eigenen Kreationen mit. Ein abwechslungsreicher und zudem geschmackvoller Höhepunkt eines langen Dienstabends, auf den der Chief sich freute.

Doch bis dahin war es noch Zeit. Gelangweilt malte er einige Kreise mit seinem kantigen Holzbleistift auf die Schreibtischunterlage. Dann beschloss er, sich einen heißen Tee aufzugießen. Mit einem Lächeln der Vorfreude stand er auf und öffnete die schwere Holztür seines Büros. Er schritt den kurzen Korridor entlang, am Funkraum vorbei und auf die Teeküche des Reviers zu. Sie war gleich neben dem Empfangstresen untergebracht. Es waren nur wenige routinierte Handgriffe nötig, bis der Tee fertig war.

Der Chief-Konstabler führte gerade eine heiße Tasse des besten englischen Yorkshire-Tees an seine Lippen, als die Eingangstür des Reviers mit einem lauten Krachen aufgestoßen wurde.

Sofort verflog jener kräftig markante Geruch des perfekt ausbalancierten Heißgetränks aus der Nase des Polizisten und damit auch die Vorfreude seines Gaumens auf ein vollkommenes Geschmackerlebnis. Er kam nicht umhin, die bereits geschlossenen Augen wieder zu öffnen und die Tasse abzusenken. Um seinem Erstaunen über die plötzliche Störung Nachdruck zu verleihen, zog er empört eine Augenbraue nach oben.

Vor ihm stand ein Mann mit schwarzen Stiefeln. Sein großer, breit gebauter Körper war in einen roten Mantel mit weißem Pelzkragen gehüllt. Sein Gesicht war kaum zu erkennen, da ihm die rote Bommelmütze weit über seine weißen Augenbrauen gerutscht war. Der markant lange, weiße Bart wirkte etwas schief und verdeckte den Großteil seines Antlitzes. Und dennoch wusste Chief-Konstabler Larson genau, wer vor ihm stand. Der Weihnachtsmann.

Kapitel 2

Krachend fiel die Tür des Small-Paddingtoner Polizeireviers wieder in ihr Schloss. Der kalte Luftzug hatte einige Schneeflocken mit hereingeweht, die in Sekunden auf dem warmen Boden des Reviers zu Wasser schmolzen. So ließen sie den Weihnachtsmann bald in einer kleinen Pfütze dastehen.

„Ich, ich möchte Anzeige erstatten", stotterte der Mann und sein Blick fixierte den Polizisten hilfesuchend.

Obwohl der Konstabler keinen Tropfen von seinem Tee getrunken hatte, musste er nun hörbar schlucken. Während er die Tasse mit dem edlen Getränk langsam auf den Tresen des Reviers stellte, erlangte der Chief seine Fassung wieder. „Nun gut", räusperte er sich. „Dann ist es nötig, ein Protokoll anzufertigen. Nehmen Sie doch Platz!" Routiniert manövrierte er den Weihnachtsmann am Reviertresen vorbei und bot ihm einen Sitzplatz neben dem Schreibtisch an, auf dem eine alte Schreibmaschine thronte. Ruhig setzte er sich vor das Gerät und begann, das Datum und die

Uhrzeit zu tippen. „Nennen Sie mir bitte Ihren Namen und den Sachverhalt, wegen dem Sie hier sind", forderte er den allseits bekannten Mann auf, der seine Mütze nun abgenommen hatte und sichtlich erleichtert schien, dass ihm jemand zuhörte.

Kapitel 3

Chief-Konstabler Larson schaute gespannt zu, wie der Weihnachtsmann das Protokoll unterschrieb.

Dann nahm er es behutsam an sich und pustete vorsichtig über die schwarze Tinte, damit die Unterschrift zügig trocknen konnte. „Ich fasse also noch einmal zusammen", resümierte er. Seine Augen überflogen das Protokoll. „Sie heißen Mr. Edward Chapman, sind dreiundfünfzig Jahre alt und", er sah zu seinem Gegenüber auf, um sich zu vergewissern, dass auch wirklich der Mann vor ihm saß, der er zu sein vorgab, „und sind der uns allen bekannte Postbote von Paddington. Heute am Heiligabend wollten sie, wie jedes Jahr, Ihrem Nebenjob als Weihnachtsmann nachgehen. Dazu zogen sie Ihr Weihnachtsmannkostüm an, bereiteten Ihren Schlitten vor und machten sich auf zum Nordplatz, wo sie in einer Lagerhalle Geschenke in unterschiedlicher Größe und Farbe abholten und auf Ihren Schlitten stapelten?" Er sah Mr. Chapman fragend an. Dieser nickte zustimmend und der Chief führte seine Zusammenfassung weiter aus: „Es war nur eine Schlittenladung, weil dieses Jahr kaum jemand etwas verschenken wollte beziehungsweise Sie vermuteten, dass kaum jemand einen Weihnachtsmann benötigte, um die Geschenke zu übergeben. Das bereitete Ihnen große Sorgen und Sie dachten darüber nach, Ihren Nebenjob aufzugeben. In Gedanken versunken fuhren Sie die Nordstraße entlang in Richtung Stadt. Als Sie an die Kreuzung Ecke Ost-West kamen, bemerkten Sie, wie ein für Ihr Empfinden sehr schnelles Fahrzeug von links kam und Ihnen die Vorfahrt nahm. Sie versuchten auszuweichen, machten einen Schlenker, der so heftig war, dass Ihr Schlitten umfiel, Sie in den Schnee rutschten und erst nach etwa acht Metern vom Geländer der North-South Bridge gestoppt wurden. Aber alle Geschenke, die Sie geladen hatten, fielen über das Geländer und versanken im West-East-River. Als Sie wieder aufgestanden waren, konnten Sie nur noch sehen, dass…" Erneut sah er sein Gegenüber mit einem Stirnrunzeln an, um sicher zu gehen, dass dieser ihm auch inhaltlich noch folgte und vor allem die einzelnen Etappen des Berichts weiterhin mit einem Kopfnicken bestätigte, ehe er fortfuhr: „Dass offenbar der Weihnachtsmann Ihnen die Vorfahrt genommen hatte. Denn Sie sahen, wie der goldene Schlitten, sich nach Westen bewegend, in die Lüfte hob und von acht kräftigen Rentieren gezogen wurde. Zudem war er mit einer Art Glitzerstaub umgeben. Nach wenigen Sekunden war der Weihnachtsmann verschwunden und Ihr eigenes Pferd mit Schlitten auch, da es erschrocken das Weite gesucht hatte. Mehrfaches Rufen Ihrerseits brachte es nicht mehr zum Stoppen oder Umkehren. Als Sie feststellten, dass Sie nicht verletzt waren, sind Sie schnellstmöglich der Südstraße gefolgt, bis Sie hier ankamen und fordern nun eine Entschuldigung des Weihnachtsmanns sowie die sofortige Bergung der Geschenke, damit Sie diese umgehend zustellen können?"

Edward Chapman nickte zustimmend. „Es ist doch schon fast 18 Uhr. Wie soll ich denn jetzt noch alles schaffen?"

Der Chief-Konstabler holte tief Luft. „Eine höchst ungewöhnliche Geschichte", stöhnte er auf. „Das ist ein Problem, das ich mehrschichtig angehen muss", stellte er ergänzend fest. Er machte drei große Schritte zum Polizeischrank, kramte in einer Kiste und kam mit einem Röhrchen zurück, an dessen Ende ein kleiner, farbloser Plastikbeutel hing. „Hier, bitte!" Er hielt dem Postboten das Röhrchen hin. „Pusten Sie bitte einmal da hinein." Er deutete auf das Ende des Röhrchens. Chapman wurde rot im Gesicht. „Sie denken, ich hätte getrunken?", empörte er sich. „Ich muss beim jetzigen Stand der Ermittlungen alle Varianten in Erwägung ziehen und möchte betonen, dass wir in den letzten achtundzwanzig Dienstjahren noch nie solch dermaßen starke Unregelmäßigkeiten am Weihnachtsabend zu verzeichnen hatten. Also bitte!" Larson deutete erneut auf das Röhrchen.

Chapman tat, wie ihm befohlen wurde und pustete kräftig in das kleine Stück Glas, an dessen Ende sich der farblose Beutel prall füllte. Allerdings verfärbte dieser sich nicht bläulich, wie es bei einem alkoholisierten Menschen der Fall gewesen wäre.

Larson nickte. „Das hätten wir geklärt", bestätigte er. Ohne weiteres Zögern drehte er sich um und ging in den Funkraum. Mit klarer Stimme sprach er in das Sprechgerät: „Hier spricht Chief-Konstabler Larson. Unser Einsatzfahrzeug wird dringend und umgehend in der Zentrale benötigt." Es dauerte einen Moment, bis eine überraschte Stimme, von einem Rauschen begleitet, ein knappes „Zu Befehl" verkündete und dann hinzufügte: „Wir sind in wenigen Minuten vor Ort und haben ein Stück Gebäck für Sie dabei, Chief."

Der Chief nahm seinen Dienstmantel vom Haken der kleinen Holzgarderobe und gab dem Weihnachtsmann zu verstehen, sich auch anzuziehen. „Meine Kollegen sind gleich hier. Wir werden den Tatort sichten, eventuell Spuren sichern und weitere Maßnahmen einleiten", kündigte er mit einem dienstlichen Unterton an, während sie beim Verlassen des Reviers in den eisigen Abend eintauchten.

Kapitel 4

Während der Fahrt hatte der Chief-Konstabler seine Kollegen Johnson und Mc. Fadden in Kenntnis gesetzt und versichert, dass man aufgrund der derzeitigen Faktenlage davon ausgehen müsse, Mr. Chapman würde die Wahrheit sagen. Sein Stück Gebäck rührte er nicht an. Als die drei Polizisten und der Weihnachtsmann alias Mr. Chapman jedoch am Tatort eintrafen, hatte der Schnee bereits alle Spuren verdeckt.

Mc. Fadden leuchtete mit einer Taschenlampe die Brücke hinunter in den Fluss, konnte aber außer etwas aufgeweichtem Geschenkpapier nichts finden. Frustriert stiegen die vier wieder ins Auto, in dem die Heizung trotz voller Leistung Mühe hatte, das Innere warm zu halten.

„Und nun?", brach Chapman nach einer Weile das Schweigen. Chief-Konstabler Larson holte tief Luft. „Ich muss feststellen, wir sind gezwungen, ohne weiteres Zutun polizeilicher Aktivität davon auszugehen, dass in unserer Stadt dieses Jahr eine noch nicht näher bekannte Anzahl von Personen ohne jegliches Weihnachtsgeschenk den Heiligabend verbringen wird. Zudem haben wir zum gegenwärtigen Zeitpunkt keine Möglichkeit, den mutmaßlichen Verursacher dieser Lage zu ermitteln. Und selbst wenn das möglich wäre, halte ich es für fragwürdig, den Weihnachtsmann ausgerechnet an Weihnachten in Haft zu nehmen. Sofern es ihn denn überhaupt gibt. Daher schlage ich vor, dass wir eine polizeiliche Aktion einleiten, um das Schlimmste an so einem Tag in unserem Dorf zu verhindern." Entschlossen kreuzten sich seine Blicke mit denen seiner Mitfahrer.

Mc. Fadden und Johnson schluckten zeitgleich und starrten ihren Chef gebannt an. Das Schlimmste zu verhindern klang wie ein Großeinsatz und versprach viel Arbeit. Eine polizeiliche Aktion und das auch noch an Weihnachten. Das war doch sehr ungewöhnlich für die beiden Polizisten, die sich nach einem ruhigen Abend auf der Polizeistation mit etwas Tee und Gebäck sehnten. Der Chief fuhr fort. „Es kommt nun auf jeden von uns an", betonte er streng. „Zuerst fahren wir zu Mrs. Broockstone. Ich kenne sie. Sie wird uns helfen. Wir bitten sie, Gebäck zu backen. Das kann sie doch so hervorragend."

Er wandte sich an seine Kollegen. „Sie setzen uns am Polizeirevier ab. Wir nehmen Beweisbeutel, Papier und Absperrband mit. Dann fahren wir zu Mrs. Broockstone und helfen ihr. Während Sie", er sprach seinen Kollegen direkt an, „Mc. Fadden, mit dem Polizeiauto durch die Stadt fahren und über den Lautsprecher des Fahrzeugs ankündigen, dass wir uns alle um 21 Uhr auf dem Rathaus vor der geschmückten Tanne treffen. Das Gebäck verpacken wir in die Beutel und binden sie zu. Auf dem Revier haben wir noch eine elektrische Herdplatte und Tee. Aus meinem Keller holen wir Glühwein und einen Topf. Um 21 Uhr werden wir und alle, die wollen, auf dem Rathausplatz sein und Gebäck, Glühwein sowie heißen Yorkshire Tee haben. Es mag vielleicht für viele keine

Geschenke geben. Aber so haben wir alle ein besonderes Geschenk und ein gemeinsames Erlebnis."

Chapmans Augen leuchteten. Er würde als Weihnachtsmann Tee und Gebäck verteilen und auf diesem Wege doch noch ein Weihnachtsmann sein können, der Freude brachte und nicht ohne Geschenke dastand. „Ich bin dabei", betone er gut gelaunt. Noch bevor Mc. Fadden und Johnson zustimmen konnten, schnellte das Polizeiauto mit Sirene und Blaulicht durch den späten Abend die Südstraße hinunter.

Kapitel 5

Für alle war es eine unglaubliche Überraschung gewesen. Mrs. Broockstone hatte nicht eine Sekunde gezögert und sofort einen Teig angerührt, als hätte sie den ganzen Abend nur darauf gewartet, endlich loslegen zu dürfen. Johnson half ihr so gut er konnte, während Mc. Fadden die Straßen der Stadt abfuhr, um den Treffpunkt zu verkünden.

Auch wenn Mc. Fadden am Ende nicht mehr nachgezählt hatte, glaubte er, dass ganz Small Paddington seinem Aufruf gefolgt war. Der Rathausplatz war voller Menschen. Manche von ihnen hatten Heizstrahler mitgebracht. Eine Familie aus der Weststraße hatte sogar einen Topf heißer Suppe, die sie austeilten. Doch alle freuten sich über eine Tüte Kekse von Mrs. Broockstone, die der Weihnachtsmann Mr. Chapman im Herzen der kleinen Stadt verteilte, während er neben dem Weihnachtsbaum stand. Manche lobten die einfallsreiche Verpackung der Kekse und winkten dem Chief zu. Einige Menschen hatten sich das ganze Jahr über nicht gesehen und lachten, als sie alte Freunde wiedertrafen. Der Yorkshire Tee wärmte alle gut durch. Ihnen wurde nicht nur warm im Magen, sondern auch ums Herz.

Unmerklich wurde der eisige Schneewind stärker und ein seltener Glitzer mischte sich unter die Flocken. Dann geschah das wohl unglaublichste Ereignis des gesamten Abends. Ein Kind aus der Mitte der Menschenmenge schaute nach oben und rief plötzlich: „Da! Da oben, seht nur! Das ist der Weihnachtsmann!" Der Junge zeigte mit dem Finger in den Himmel. Es wurde ruhig und alle folgten seinem Blick. Der Chief traute seinen Augen kaum. In Windeseile setzte ein großer Schlitten auf dem Rathausplatz auf. Er war überzogen mit Goldglitzer und beladen mit vielen bunten Geschenken in unterschiedlicher Größe und Farbe. Gezogen wurde er von acht kräftigen Rentieren.

Alle waren still und starrten wie gebannt auf den echten Weihnachtsmann. Mit einer leichten Handbewegung beförderte er die Geschenke von seinem Schlitten herab unter den Baum.

„Liebe Leute dieser schönen Stadt", verkündete er, „ihr seid warmherzig und gütig. Es freut mich, dass ihr dem Aufruf des Chiefs gefolgt seid. Jeder von euch wird etwas unter dem Baum finden."

Dann ging er auf Edward Chapman, den Postbooten, zu, der sprachlos neben dem Chief stand. „Es tut mir so leid", entschuldigte er sich. „Eines meiner Rentiere war mir durchgegangen. Kannst du mir verzeihen? Außerdem würde ich mich freuen, wenn du mir in Zukunft auch weiterhin hilfst und hier in Small Paddington die Weihnachtsgeschenke verteilst." Chapman starrte den Weihnachtsmann sprachlos an. Gern hätte er einfach nur „Ja" gesagt, doch er brachte vor Erstaunen kein Wort heraus. Es herrschte Stille. Doch dann meldete sich der Junge aus der Menge der Menschen wieder zu Wort: „Ja! Mr. Chapman ist unser Weihnachtsmann!" Dann stimmten immer mehr

Leute ein. „Chapman, Chapman, Chapman", riefen sie. „Ja! Natürlich! Gern!", rief Chapman nach einem Moment der Besinnung. Es wurde wieder ruhig.

Der Weihnachtsmann ging auf den Chief zu. Er drückte ihm einen großen Umschlag in die Hand und zwinkerte ihm zu. Dann stieg er in seinen Schlitten und rief: „Frohe Weihnachten für euch alle. Ho, ho, ho!"

Die Rentiere zogen an, der Schlitten wirbelte Schnee auf und hob schließlich ab. Nach kurzer Zeit war nur noch ein goldener Punkt zwischen den Sternen am Himmel zu sehen. Etwas Glitzer mischte sich noch zu den vereinzelnd fliegenden Schneeflocken. Die Menschen von Small Paddington wärmten sich weiter an den Getränken, Keksen und dem soeben so wunderbar Erlebten. Sie würden noch wochenlang genügend Gesprächsstoff haben.

Chief-Konstabler Larson zog seine Diensthandschuhe aus und öffnete vorsichtig den Brief. Er fand eine Urkunde von Scotland Yard. Einige Schneeflocken legten sich auf das hoheitliche Dokument. In großen Buchstaben las er neben den besten Glückwünschen für die Zukunft:

Ernennung zum Chief-Inspektor

Ein Lächeln erhellte sein Gesicht und er kam nicht umhin, eine Augenbrauche hochzuziehen. Was für ein schönes Weihnachten!

Der Weihnachtsmannkredit

Katrin atmete tief durch. In gut 30 Minuten wäre es geschafft: Feierabend und dann drei Tage frei!

Eifrig rückte sie ihren ergonomisch geformten Bürostuhl vor die Mitte ihres großzügigen Schreibtisches und begann, die restlichen Anträge für Konten, Baufinanzierungen und Sparbücher zu sortieren.

Nach wenigen Minuten war alles getan. Routiniert ließ sie nochmals den Blick über ihren Schreibtisch wandern. Drei Stapel mit Anträgen, ihre zwei silbernen Lieblingskugelschreiber, der schwarze Becher, den sie nur hatte, um ihre Büroklammern aufzubewahren, und natürlich das Bild von ihrem Mann Lars und ihren beiden Kindern Sven und Lena, das gleich neben ihrem Namensschild stand – Katrin Berger, Filialleitung!

Ein Lächeln erhellte ihr rundes, schönes Gesicht und gab eine Reihe von kleinen Fältchen frei, die ihre blauen Augen zierten. Mit ihren 43 Jahren war sie rundum zufrieden. Sie hatte einen Mann, der sie liebte, zwei lebensfrohe Kinder und einen Beruf, der sie ausfüllte.

Gleich würde sie nach Hause fahren und auf dem Weg schnell noch Salat und frisches Baguette besorgen, das Lars für das Abendessen brauchte. Sie hätte Gelegenheit, bei einem Glas Rotwein auf dem Sofa zu entspannen, bis das Essen fertig wäre. Dabei würde sie einen prächtig geschmückten Tannenbaum anschauen, hatte Lars prophezeit. Die Kinder wären indes damit beschäftigt, ihm in der Küche zu helfen. Sie schüttelte gedankenversunken den Kopf. Sicher waren Sven und Lena wie jedes Jahr am Weihnachtsvorabend so aufgekratzt, dass sie wahrscheinlich nicht eine Sekunde Ruhe geben würden. Sie stellte sich lebhaft vor, wie ihre Rasselbande durch das kleine Reihenhaus tobt. An Ruhe wäre da wohl nicht zu denken.

„Entschuldigung? Oh, bitte sagen Sie nicht gleich nein. Ich weiß, es ist schon spät, aber Ihr Kollege meinte, dass ich so kurz vor Feierabend am besten zu Ihnen komme."

Katrin Berger erschrak. Sie hatte nicht bemerkt, dass eine vom Schneetreiben halb durchnässte Frau ihr Büro betreten hatte. Scheinbar hatte sie ihr verträumtes Kopfschütteln als Ablehnung empfunden, heute noch einen Kunden anzunehmen. Immerhin war es keine halbe Stunde mehr bis zum Feierabend. Die Digitalanzeige der blauen Uhr im Schalterraum, die durch die Glaswände des Büros gut zu erkennen war, zeigte es ihr deutlich.

Katrin ahnte, dass diese Frau ein wirklich dringendes Anliegen haben musste.

„Entschuldigen Sie bitte! Mein Kopfschütteln galt nicht Ihnen. Bitte setzen Sie sich", erklärte die Bankkauffrau. Sie schloss leise die Bürotür und nahm ihren vertrauten Platz am Schreibtisch gegenüber der Frau ein. „Wie kann ich Ihnen helfen?"

„Ich war bereits vor ein paar Tagen bei Ihrem Kollegen. Es geht um diese Anträge für einen Sofortkredit. Wo hab' ich ihn denn nur?" Die Frau durchwühlte nervös ihre Handtasche und zerrte einige Formulare hervor, die Katrin bekannt vorkamen.

Indessen wurde es im Schalterraum unerwartet hektisch. Einige Kollegen flitzten durch die Bank und lächelten Katrin verlegen durch die Glasscheibe zu. Einer von ihnen sah unter seinen Schreibtisch, kam wieder hoch, blickte wieder darunter, kam erneut hoch und zuckte mit den Schultern. Katrin konzentrierte sich wieder auf ihr Gespräch. Sie nahm die Papiere an sich. Es waren in der Tat Anträge ihrer Bank, die man benötigte, um Kunden schnell einen Kredit zu gewähren. Die meisten Felder waren sorgfältig mit schwarzer Kugelschreibertinte ausgefüllt. Die gewünschte Kreditsumme betrug tausend Euro.

„Wir brauchen das Geld für Weihnachten. Die Familie kommt zu Besuch und...", die Frau stotterte und senkte ihren Blick, „und wir haben ja auch noch keine Geschenke für die Kleinen".

Sie tat Katrin leid. Es geht nicht jedem Menschen so gut wie ihr. Schon oft musste sie Kredite ablehnen, was sie jedes Mal bedauerte. Aber die Vorschriften der Bank erlauben nur wenig Spielraum. Morgen war Heiligabend. Wenn alle Formalismen erfüllt wären, hätte sie noch genau vierzehn Minuten, um den Kredit zu gewähren und das Geld auszuzahlen, danach würde das Zeitschloss des Tresors die Barbestände der Bank für die nächsten drei Tage einschließen.

Im Schalterraum ließ die ungewohnte Aufregung nicht nach. Ein Kollege stolperte über einen Haufen Akten. Katrin sah, wie sein Kopf zwischen umherfliegenden Papierblättern auftauchte, die wie Schneeflocken auf ihn niederrieselten.

Die Formulare waren korrekt ausgefüllt. Lediglich die Arbeitgeberbescheinigung fehlte. Katrin wusste, dass sie ohne diese keinen Kredit genehmigen durfte.

Als würde die Antragstellerin ihre Gedanken erraten, sagte sie mit einem hoffnungsvollen Ton: „Mein Mann muss jeden Augenblick hier sein. Er hat gestern einen neuen, wunderbaren Job bekommen."

Draußen legte ein Kollege sein Jackett ab und lief mit geöffneter Krawatte Slalom um die Schreibtische. „Zu dumm, dass die Glasfenster die Sicht nur bis zur Bauchhöhe freigaben", dachte Katrin. So eine Aufregung hatte sie während ihrer zwanzigjährigen Tätigkeit im Bankwesen noch nicht erlebt.

„Entschuldigen Sie bitte. Ich muss eben nachsehen, was da draußen los ist", kündigte sie an. Jetzt waren nur noch neun Minuten Zeit, ehe die Bearbeitung des Antrages vor den Feiertagen unmöglich wurde. Zielstrebig öffnete sie die Glastür ihres Büros, trat in den Schalterraum und warf ihren beiden Kollegen einen nach Antworten suchenden Blick zu.

Die Antworten kamen prompt. Lachend rasten zwei Kinder um das Stehpult, das für gewöhnlich als Schreibunterlage für Überweisungen diente, herum und blieben erschrocken vor Katrin stehen. Nun war es plötzlich still im Schalterraum. Offenbar hatten die beiden, mögen sie fünf und sieben Jahre alt gewesen sein, die ungewöhnliche Hektik verursacht und den Schalterraum in eine Rennstrecke verwandelt.

Die Jungs starrten sie mit großen Augen an. Während der ältere beide Hände in seiner Hose verstaute und seinen Blick geständig nach unten richtete, strahlte der jüngere Katrin an und streckte ihr einen Zettel entgegen.

„Schau mal, Tante! Das ist der Weihnachtsmann auf einem Schlitten und der ist sooooo schnell, wie ich laufen kann, und kommt ganz schnell zu uns."

Innerlich musste Katrin grinsen. Sie fühlte sich an ihre Kinder erinnert, die wie alle in dem Alter auch wahnsinnig gerne tobten. Ihre Kollegen, die glückliche und zufriedene Familienväter waren, erahnten ihre Gedanken, lächelten und begannen, die heruntergefallenen Zettel aufzusammeln. Katrin warf einen Blick auf die Skizze des Jungen.

„So so!", sagte sie streng. Als Filialleiterin musste sie ernst bleiben und sich Respekt verschaffen.

Aufgeregt drängte sich ihre Kundin dazwischen, die alles mitgehört hatte und einem Nervenzusammenbruch nahe war.

„Mensch Kinder, was hab' ich euch gesagt? Ihr solltet draußen bei dem Mann sitzen und malen. Nun habt ihr hier so viel Aufregung verursacht..."

„Wir saßen ja auch bei diesem Bank-Mann. Und dann habe ich dem gezeigt, wie schnell der Weihnachtsmann auf seinem Schlitten um die Kurven fährt und wie schnell er hierherkommt, weil du doch gesagt hast, dass wir keine Zeit haben", erklärte der Kleine.

Die Tatsache, dass es nur noch vier Minuten waren, die eine Auszahlung des notwendigen Krediteѕ möglich machten, erstickte jede weitere Bereitschaft zu einer Diskussion im Keim.

„Setzt euch bitte sofort da drüben auf die Stühle und seid ruhig", verlangte die Mutter und zeigte auf die schwarze Sitzreihe, gleich neben dem Eingang.

"Entschuldigung, ich weiß nicht, was die beiden sich dabei gedacht haben. Es tut mir wirklich sehr leid".

Katrin kam nicht mehr dazu, der Frau zu antworten. Ihr Blick war den Kindern gefolgt, die sich rasch auf den Weg zur Sitzreihe gemacht hatten, als sich die Tür der Filiale öffnete.

„Seht mal, wer da kommt", sagte sie. Die Kinder erkannten die unverwechselbare Gestalt sofort, liefen zu ihm hin und umarmten ihn herzlich. Es war ein Mann in großen, schwarzen Stiefeln, einer roten Hose und einem langen, roten Mantel. Sein Gesicht war von einem beeindruckenden, weißen Bart bedeckt, der offenbar von einem dünnen Gummiband gehalten wurde, den er mühsam versuchte, aus seinem Gesicht zu entfernen.

„Das ist mein Mann", erklärte die Frau begeistert. „Er arbeitet seit gestern als Weihnachtsmann bei einer Agentur und hat eine Festanstellung für ein ganzes Jahr bekommen."

Der Weihnachtsmann lächelte über die freundliche Begrüßung seiner Kinder und zerrte ein Schriftstück unter seinem Mantel hervor. „Es ging leider nicht schneller. Ich hoffe, ich bin nicht zu spät!", begrüßte er die beiden Frauen.

Katrin erkannte die Situation. Jetzt ging es um Sekunden. Gezielt nahm sie dem Mann seine Arbeitgeberbescheinigung aus der Hand, überflog prüfend alle wichtigen Daten. Alles perfekt! Sie hob den Daumen und nickte ihrem Kollegen zu. Der nahm sofort die nötigen Computereingaben vor. Nur wenige Sekunden später war das Geld da. „Tolles Team", dachte Katrin und lächelte.

Sie nahm die Geldscheine an sich und bat die ganze Familie in ihr Büro. Nun war es bereits drei Minuten nach Feierabend. Also Überstunden! Aber das spielte jetzt keine Rolle mehr.

Schließlich hatte sie dazu beigetragen, dass eine Familie nun doch noch ein schönes Weihnachtsfest haben konnte. Katrin war stolz auf sich und ihr Team und glücklich, einen Job zu haben, bei dem sogar der Weihnachtsmann Kunde ist. Sie würde heute besonders zufrieden Feierabend machen können und ihren Kindern eine Geschichte vom Weihnachtsmann erzählen.

Haben Sie oder nicht?

"Also, was ist nun, junger Mann? Haben Sie nun so eine moderne Eierkochmaschine - oder wie immer man das heute nennt, in Ihrem Sack für mich oder nicht?" Die alte Dame drängte ungeduldig wie ein kleines Mädchen, ihr fordernder Blick ließ mich nicht los. Die Antwort auf ihre Frage sollte ich jedoch erst zuletzt präsentieren, nachdem ich meine einstudierte Rede vorgetragen und die anderen Geschenke ausgepackt hatte. Anscheinend wusste sie von dem Eierkocher in meinem Geschenkesack. Ich zwang mich zum Innehalten, fast wie in Zeitlupe holte ich Luft, ganz langsam und sehr tief, um mir einige Sekunden Zeit zu verschaffen. Das hatte ich nicht erwartet und bemerkte eine nervöse Unruhe in mir aufsteigen.

Wenn ich mich heute daran zurückerinnere, war es wohl der skurrilste Weihnachtsabend, zu dem ich je als Weihnachtsmann geschickt wurde. Der Ehemann, Herr Stückelbach, war bereits vor zwei Monaten zu uns in die Agentur gekommen und hatte ungewöhnlich präzise beschrieben, wie er sich den Termin des Weihnachtsmannes am 24. 12. vorstellte: "Kommen

Sie unbedingt pünktlich um 12 Uhr mittags zu uns. Klingeln Sie dreimal kurz, so wissen wir, dass keine fremde Person vor der Tür steht. Wir wohnen im zweiten Stock rechts. Klopfen Sie bitte dreimal kurz an die Tür. So wissen wir, dass Sie es sind. Sagen Sie laut „Ho, ho, ho!". Das klingt weihnachtlich. Ich hole Sie ins Wohnzimmer. Dort werden Sie meine Frau treffen. Für sie sind alle Geschenke. Sie wird gerade dabei sein, den Tisch zu decken. Improvisieren Sie! Erzählen Sie ein wenig aus dem Weihnachtsmannland, von der strapaziösen Anreise oder dem vielen Schnee. Na, Ihnen wird schon etwas einfallen. Danach geben Sie ihr die Geschenke. Zuerst den roten Schal, dann die Parfümflasche, anschließend den Reiseführer für Wien mit den Flugtickets und bitte ganz zum Schluss den Eierkocher. Das ist wichtig! Denn über Eier reden wir nicht gern. Stellen Sie das Gerät einfach hin und ..." - er zögerte kurz - „und versuchen Sie dann ganz entspannt zu bleiben. Damit ist ja auch fast schon alles erledigt."

Die Geschenke sollten nicht eingepackt werden, da seine Frau darauf absolut keinen Wert lege. Andere Dinge seien ihr wichtiger am Heiligen Abend. Ein wenig hatte ich mich damals schon gewundert, mir aber letztlich nicht viel dabei gedacht. Die Menschen sind eben verschieden und ihre Wünsche unterschiedlich.

Am Heiligen Abend lief dann zunächst alles wie vereinbart. Ich klingelte dreimal, stieg schwungvoll die knarrenden Treppen in den zweiten Stock hinauf bis zur Wohnungstür, klopfte dreimal und sprach dann feierlich die Worte „Ho, ho, ho!", um unmissverständlich die Ankunft des Weihnachtsmannes anzukündigen.

Die Tür wurde rasch geöffnet. Herr Stückelbach wirkte nervös und bat mich in die schummrig beleuchtete Wohnung. Nach wenigen Schritten erreichten wir das Wohnzimmer. Es war altmodisch eingerichtet und passte vom Stil her zu dem fünfstöckigen Altbau, in dem das Paar wohnte. Die Tapete war weißgrau gestreift, in der Ecke stand ein alter Röhrenfernseher. Ich vermutete, dass er aus den späten sechziger Jahren stammte und fragte mich, ob er noch funktionieren würde. Weder war der Tisch gedeckt, wie Herr Stückelbach es angekündigt hatte, noch war das Zimmer in irgendeiner Weise feierlich geschmückt. Kein Tannenbaum sorgte für eine weihnachtliche Atmosphäre. Jedoch roch es nach gutem Essen, vielleicht ein Braten mit schwerer, würziger

Sauce. Am Fenster flimmerte ein bunter Weihnachtsstern abwechselnd von Rot über Weiß auf Grün. Herr Stückelbach setzte sich zu seiner Frau auf das dick gepolsterte Sofa. Ihr Blick erfasste mich und blieb an mir haften.

Ich setze mein oft geübtes fröhliches Lächeln auf, und wollte nun anfangen zu improvisieren, wie man es mir bei der Buchung vorgeschlagen hatte. Jedoch, bevor ich einen Laut hervorbringen konnte, bohrte die knirschende Stimme der alten Dame hartnäckig nach: „Haben Sie nun einen Eierkocher in Ihrem Sack für mich oder nicht?"

Ich spürte ihren festen Blick auf meiner Stirn und ich hatte nicht die geringste Chance, auch nur in Gedanken den Versuch zu unternehmen, eine ausweichende Antwort zu finden. Mein Blick pendelte zwischen der alten Dame und meinem vollen Weihnachtssack hin und her. Ich fühlte mich plötzlich unter Druck gesetzt und mir wurde unwohl. Was sollte ich nun machen? Das sollte doch so gar nicht ablaufen. Ich fühlte mich nicht mehr wohl bei dem Gedanken, dieser Situation noch länger ausgesetzt zu sein. In Sekundenbruchteilen entschloss ich mich daher, die ohnehin kaum vorhandene Weihnachtsatmosphäre zu verlassen und diesen Auftrag einfach schnell zu beenden. Schließlich hatte ich noch mehr Termine auf dem Zettel an diesem Abend und da gab es Kinder und Familien, die sich auf mich und meine bescheidene Show freuten. Meine Überlegungen wurden ungeduldig von Frau Stückelbach unterbrochen: „Ja oder nein?!" drängte sie fordernd weiter.

Mein Blick verfestigte sich und gab mir den notwendigen Halt, jetzt einen Ausweg zu finden. Denn mittlerweile war ich wütend geworden. So etwas hatte ich noch nicht erlebt. „Verdammt noch mal, ja!", entgegnete ich mit einem trotzigen Unterton in meiner Stimme, holte zügig den Eierkocher aus dem Sack hervor und legte ihn samt Verpackung auf den Tisch.

Nun war es still im Raum. Beide Stückelbachs starrten wortlos auf den Karton.

„Siehste, das hab´ ich mir doch gedacht!" platzte Frau Stückelbach dann heraus und wandte sich mit bitterer Miene unnachgiebig an ihren Mann. „Nie bist du damit einverstanden, wie ich dir deine Eier koche. Irgendwas ist immer! Jeden Tag nörgelst du an mir rum! Ich koche sie immer genau drei Minuten, auf die Sekunde! Seit dreißig Jahren!!! Und du meckerst und krittelst und mäkelst, jedes Mal und immer und immer wieder! Zu weich, zu hart. Mal ist das Eigelb zu fest oder zu weich, mal ist es das Eiweiß, das dir nicht passt, weil es zu fest oder zu hart ist. Oder das Ei ist zu groß oder zu klein, schon ganz kalt oder viel zu heiß …!"

Sie holte weit aus und schlug mit der flachen Hand auf die Tischplatte, so dass der ganze Tisch wackelte. Mir verschlug es die Sprache. Sie regte sich immer weiter auf und ihr Gesicht wurde feuerrot vor Wut. Herr Stückelbach saß nach wie vor regungslos da, schaute kurz auf die Uhr, als habe er in Kürze einen Termin.

Seine Frau verschoss eine weitere Breitseite: „Seit Jahren koche ich für dich, putze ich für dich und wasche deine Wäsche und immer wieder nörgelst du an mir rum!" Sie ließ ihre Hand erneut auf die Tischkante fallen. Es schien, als würde sie sich nicht wieder beruhigen.

Hilfesuchend blickte ich zu Herrn Stückelbach, der versuchte, Ruhe oder - genau genommen - ein Desinteresse an der Situation vorzutäuschen. Oder war er nur genauso hilflos wie ich der Situation ausgeliefert? Was konnte ich tun?

Ich versuchte, besänftigend auf sie einzureden: „Frau Stückelbach, sehen Sie mal, da sind doch auch noch andere sehr schöne Geschenke im Sack. Hier zum Beispiel: ein ganz exquisites Parfüm, vom Feinsten!"

„Na toll, ganz hervorragend! Da kann ich mich ja dann lieblich duftend an den Herd stellen für meinen Mann."

Auch der Reiseführer und die Flugtickets konnten sie nicht beruhigen. Im Gegenteil! Sie sprang auf und schimpfte nun im Stehen auf ihren Mann ein, der sich jetzt, immer noch ganz still, in eine Sofaecke zurückgezogen hatte. Er ließ die Tirade wortlos über sich ergehen.

Ich nahm meinen Sack in die Hände und erklärte, dass es nun an der Zeit sei zu gehen, da noch mehr Kunden auf mich warteten. Doch Frau Stückelbach wurde noch energischer. Sie hatte inzwischen aus der Küche ein Eierpaket geholt und ihrem Mann einen Vortrag über die EU-Norm für Eier und deren Zubereitung gehalten. Für mich wurde die Situation unerträglich. Herrn Stückelbachs Bitte an mich zu bleiben, mit der Aussicht, dass es sicher in einigen Minuten auch wieder gemütlicher werden würde, drang kaum noch an mein Ohr. Zudem konnte ich, was die zu erwartende

Entwicklung der Situation anlangte, seinen Optimismus nicht mit ihm teilen. Seine Frau war nicht mehr zu halten. Die Tatsache, dass ich nun einfach gehen wollte, brachte sie in weitere Rage. Als ich das Wohnzimmer verließ, begann sie, auch mich zu beschimpfen und schließlich sogar an meinem Kostüm herumzuzerren. Im Flur drohte sie sogar damit, sich bei der Agentur zu beschweren. Als sie dann auch noch ankündigte, aus den rohen Eiern ein weihnachtliches Omelett für mich und ihren Mann zu bereiten, das uns garantiert im Hals stecken bleiben würde, hatte ich die sichere Wohnungstür erreicht und verabschiedete mich ohne jegliche Höflichkeitsfloskel, die meinen Besuch üblicherweise harmonisch abrundete. Ich wollte hier nur noch raus und das, so schnell es ging. Noch bevor die Wohnungstür hinter mir ins Schloss fiel, hörte ich das Aufklatschen eines rohen Eies, das an der Türkante zerschlug.

Zügig machte ich mich davon. Schon fand ich mich an der nächsten Hausecke neben meinem geparkten Wagen wieder. Außer Atem versuchte ich, meine Gedanken zu sortieren und zur Ruhe zu kommen. Es brauchte einen Moment, bis mir klar wurde, in welcher gefährlichen Situation ich Herrn Stückelbach möglicherweise zurückgelassen hatte. Vielleicht würde seine Frau nun gerade durchdrehen und Schlimmes mit ihm anstellen. Ich stelle mir vor, wie Herr Stückelbach allein vor einem riesigen Omelett saß, das er niemals verzehren könnte. Sollte ich Hilfe holen? Mein Atem beruhigte sich ein wenig und ich beschloss, noch einmal zurückzugehen, um nach dem Rechten zu sehen.

Die Haustür war nicht ins Schloss gefallen, so dass ich wiederum rasch den zweiten Stock erreichte. Die Wohnungstür war verschlossen. Es war nichts Lautes oder Auffälliges mehr zu hören, lediglich vereinzelte gedämpfte Geräusche und leise Stimmen. Entfernte Schritte aus anderen Wohnungen drangen zu mir. Vorsichtig legte ich mein Ohr an die Wohnungstür. Ich konnte weihnachtliche Musik vernehmen und Frau Stückelbachs überraschend sanft klingende Stimme. Sie bedankte sich für das schöne Geschenk und ein leises Kichern der beiden Eheleute ließ tatsächlich weihnachtliche Zweisamkeit vermuten.

Ich richtete mich langsam auf und ging erleichtert, wenn auch verwirrt, zu meinem Auto zurück. Erst jetzt bemerkte ich, dass Eigelb von dem zerplatzten Ei wohl an meiner Mütze hängengeblieben war. Ich holte ein Taschentuch hervor und wischte den Mützenrand ab. In dem Moment hörte ich die lachende

Stimme eines Kollegen neben mir. Er musste sein Auto in der Nebenstraße geparkt und beobachtet haben, wie ich an meiner Mütze herumwischte.

„Na, Herr Kollege! Offenbar hat es dich erwischt in diesem Jahr. Stückelbachs nehme ich an?" fragte er amüsiert. Überrascht brachte ich nur ein knappes „Ja, stimmt" hervor.

„Scheint dein erstes Mal gewesen zu sein. Immer wenn man zu früh abhaut, wirft sie mit einem Ei. Wenn man bleibt, bekommt man ein Trinkgeld und manchmal auch noch selbstgebackenen Stollen. Sind schon komische Leute. Die machen das als so eine Art besonderes Weihnachtsritual. Das ganze Jahr über sollen die sich angeblich nicht ein einziges Mal streiten. Außer wenn sie ihm sonntags ein Ei kocht. Also schenkt er ihr jedes Jahr unter anderem einen Eierkocher. Er möchte so wohl erreichen, dass sie eine vollkommen streitfreie Ehe führen. Sie beschimpft ihn dann und anschließend gibt es eine große weihnachtliche Versöhnung. Ich möchte zu gern wissen, wie viele Eierkocher die schon haben." Er lachte erneut und rückte seinen Sack zurecht, den er über der Schulter trug. "Na dann! Alles Gute und noch eine schöne Tour. Und natürlich schöne Weihnachten!"

Es muss schon eine Nordmanntanne sein

Hubert Drostling legte den Rückwärtsgang ein. Langsam glitt der Kombi in die großzügige Parklücke der Baumschule. Wie lange würde es wohl diesmal dauern, fragte er sich, während er den Motor abstellte und die Handbremse anzog. Seit er auf das Gelände der Baumschule gefahren war, klebte die Nase seiner Frau bereits an der Seitenscheibe, um den am besten geeigneten Baum zu erspähen. Es war wieder so weit. Ein Weihnachtsbaum musste her.

„Hast du dein Dings mit?", fragte sie beiläufig und ließ die Tür des schwarzen Kombis zufallen. „Meinen Zollstock", dachte Hubert. Er öffnete die Fahrertür und setzte seinen Fuß in eine Schlammpfütze. Mit etwas Schwung kam er hoch und stand nun mit beiden Füßen im Dreck. Ein Stoß mit der rechten Hand und auch die Fahrertür fiel dumpf ins Schloss. „Ja, Schatz! Ich habe den Zollstock mit", versicherte er seiner Frau. „Das ist prima!" Frau Drostling lächelte zufrieden. „Ich habe da schon etwas entdeckt", stellte sie erfreut fest. „Komm doch mal mit", forderte sie ihren Mann auf. Dieser trat bedacht aus der Pfütze: „Moment! Ich sehe noch mal eben nach, ob Platz ist im Kofferraum." „Wieso? Du hast doch gestern alles rausgeräumt. Dann muss doch da jetzt Platz sein", stellte sie fest. „Na ja, ich will nur mal sehen, wie es dort aussieht, und auch den Handschuh rausholen".- „*Den* Handschuh? Hast Du wieder nur *einen* mitgenommen?" - „Na ja, das ist der eine, den ich immer für den Baum nehme. Der, der schon klebrig ist. Es genügt ja einer, um den Baum zu tragen." - „Das verstehe ich nicht. Du hast doch zwei Hände. Mit zwei Händen ist ein Baum doch auch besser zu tragen." „Ja, schon, aber ich trage ihn eben nur mit einer Hand, weil ich doch auch nur den rechten Handschuh habe."

Er ordnete einige Dinge im Kofferraum. Warndreieck an die Seite, Drehkreuz unter das Abschleppseil und ein Handtuch über die Fläche ausbreiten, weil der Baum sicher harzig sein würde. „So, fertig! Ich komme jetzt." Er eilte seiner Frau hinterher, die bereits vor einem Baum stand. „Hubert! Wie gefällt dir dieser Baum?", wollte sie wissen. „Nun ja. Ganz gut." - „Oder lieber den da hinten, was ist mit dem?", fragte sie weiter.

„Also ja, der ist auch ganz schön. Ich müsste mal messen." Er griff nach seinem Zollstock und stellte fest: „Beide passen. Der zweite ist etwas länger als der erste."

„Dann meinst du, ich soll den zweiten nehmen?", fragte sie nach. Herr Drostling überlegte: Eigentlich könnte man den zweiten nehmen, aber das ginge doch dann viel zu schnell. Es wäre auch besser, sie würde selbst einen auswählen. „Also, der zweite wäre o.k. Aber wie gefällt er *dir* denn?", fragte er nach.

„Mir gefällt er, aber er muss ja auch *dir* gefallen."

„Ja, also mir gefällt er auch."

Frau Drostling schaute sich den Baum von allen Seiten an. „Mir geht das zu schnell", entschied sie. „Ich glaube, ich muss erst noch weiter gucken. Während sie mit schnellen kleinen Schritten über das unwegsame Gelände stolperte, hakte sie bei ihrem Mann nach: „Das ist doch in Ordnung für dich?"

„Ja, sicher. Es sind ja auch viele Bäumchen hier."

Es dauerte nicht lange, da hatte sie einen weiteren Baum entdeckt. „Miss doch mal den hier! Der hat besonderes Grün. Irgendwie schön." Er nahm Maß. „Der ist aber etwas zu klein", stellt er fest.

„Wir wollten ihn doch auf das Tischchen stellen", erinnerte seine Frau ihn. „Ja, ich weiß, aber er ist dann zu klein. Ich habe den Tisch ja schon mit einkalkuliert."

„Dann sehe ich mal weiter. Da drüben sind noch mehr Bäume. Guck mal die beiden hier, miss´ den mal und den auch. Die sind vielleicht was."

Wieder legte er seinen Zollstock an und maß die Bäume.

„Beide passen. Der erste ist etwas größer", ermittelte er. „Ja, gut, aber welcher ist denn besser?", fragte sie nach.

„Ich weiß nicht. Der erste hat mehr Nadeln. Ist ja auch größer. Aber es könnte mit der Spitze eng werden. Vielleicht schauen wir weiter."

Sie war bereits weitergelaufen. Nach weiteren sechs Bäumen tat sich für ihn endlich ein echter Lichtblick auf. Denn seine Frau gab den entscheidenden Satz zum Besten:

„Der spricht mich an. Der ist es! Du brauchst nicht zu messen. Sieh mal, wie schön der ist! Und dieser bläuliche Schimmer! Einfach toll!"

„Ja, aber …" wollte Herr Drostling einwerfen. Doch da sah er schon, wie der Baum von einem Helfer ergriffen wurde und in der Netzmaschine verschwand. In nur wenigen Sekunden war er fest umwickelt. Während der Helfer ihm den Baum in die Hand drückte, sah er noch, wie der Geldschein aus der Hand seiner Frau in der Kasse des Händlers verschwand.

Mit einem Lächeln drückte sie ihm einen Kuss auf die Wange. Es war geschafft! „Kein Aber, wir fahren nun nach Hause!", verkündete sie hocherfreut.

Der Baum passte eigentlich nicht in den Wagen. Doch mit etwas Biegen der Spitze ging es dann irgendwie. Zu Hause hatte der Baum eine schiefe Spitze. Sie nahm es hin, der Baum hatte ja zu ihr „gesprochen" und sie irgendwie „angelächelt", wie sie betonte. Am Abend kam Huberts Schwager zu Besuch. Der Baum war geschmückt und ließ das Wohnzimmer feierlich erstrahlen.

Dem Schwager gefiel der Baum. „Er sieht gut aus", lobte er seine Schwester und gratulierte zu dem tollen Kauf. „Aber warum habt ihr denn keine Nordmanntanne genommen? Du wolltest doch unbedingt eine Nordmanntanne haben. Du sagtest doch letztes Jahr, dass es unbedingt eine sein muss, weil die so lange die Nadeln hält."

Herr Drostling ahnte, was nun auf ihn zukam. Er wollte es doch noch sagen beim Baumkauf …

Schon wandte sich seine Frau an ihn: „Hubert, warum hast das nicht gesagt?! Du hast doch an alles gedacht und sogar genau gemessen!

Morgen müssen wir nochmal los …"

Der verschwundene Weihnachtssack

Auf dem Weg zu seinem Auto hörte Kai hinter sich, wie die schwere Metalltür der öffentlichen Toilette zufiel. Auch der nächste Besucher würde zum erneuten Öffnen eine Münze einwerfen müssen. Noch im Gehen machte er die Gürtelschnalle seines Weihnachtsmannkostüms fest und richtete Bund und Oberteil. Er war sehr in Eile. Kein Wunder, dass er schon wieder auf die Toilette gemusst hatte. Das war für ihn ein typisches Stresssymptom. Er hatte sich einfach zu viele Aufträge für einen Abend von seinem Chef aufschwatzen lassen. Erleichtert klemmte er sich hinter sein Lenkrad.

Seit dem frühen Nachmittag schneite es ohne Unterbrechung, sodass die Straßen gleichmäßig bedeckt waren. Die letzten beiden Auftritte hatten schon zu lange gedauert. Jetzt würde er zu den nächsten Terminen nicht mehr pünktlich erscheinen, worüber sich die Familien in der Regel ärgerten, denn die Kinder konnten seine Ankunft kaum erwarten und drängelten bestimmt schon. Er wollte gerade den Zündschlüssel ins Schloss stecken, um den Motor zu starten, als sein Blick über den Rückspiegel auf die Rückbank fiel. Dorthin, wo er noch kurz zuvor seinen Geschenkesack abgelegt hatte. Die Rückbank war leer! Zweifelnd drehte er sich um. Seine Blicke wanderten suchend von einem Ende der Rückbank zum anderen und dann in den hinteren Fußraum. Nichts! Erschrocken stieg er aus, ging um das Auto herum auf die andere Seite und öffnete die hintere Beifahrertür. Doch auch aus dieser Perspektive war nichts von seinem Weihnachtssack zu sehen. Er öffnete den Kofferraum. Vielleicht hatte er den Sack entgegen seiner Gewohnheit dort hineingestellt. Aber auch dort befand er sich nicht. Er fluchte. Hätte er doch bloß sein Auto abgeschlossen, bevor er auf die Toilette verschwunden war. Hatte er den Sack vielleicht mit auf das WC genommen und dort vergessen? Er dachte nach. Nein! Aber wo sollte der Sack sonst sein? Also schritt er zurück, zückte ein Geldstück aus seinem Portemonnaie und drückte es in den schmalen Münzschlitz des Türöffners. Die Verriegelung reagierte und er zog am kalten Metallgriff. Auch hier befand sich der Sack nicht.

Als er zum Auto zurückging, bemerkte er die Fußspuren im Schnee, die er hinterlassen hatte. Wenn jemand den Sack gestohlen haben sollte, während er auf der Toilette war, dann mussten doch auch Fußspuren von der Person zu sehen sein. Und richtig! Erst jetzt fielen ihm die anderen Spuren im Schnee auf, die teilweise schon wieder zugeschneit waren. Sie führten von der hinteren Beifahrerseite weg die Straße entlang. Kai hatte die Witterung aufgenommen und folgte ihnen.

Schon hinter der nächsten Hausecke wurde er fündig, als er in die Seitenstraße blickte. Er sah einen Weihnachtsmann mit seinem Sack über der Schulter. Vermutlich ein Kollege aus seiner Agentur, was nicht verwunderlich war, denn in den dicht besiedelten Straßen gab es viele Kunden, die ein Weihnachtsmann allein nicht bedienen konnte. Er trug das gleiche Kostüm. Das Standardkostüm seiner Agentur mit gleicher Farbe und gleichem Schnitt und gleichem Sack. Jedoch war Kais Zugkordel, die den Sack verschloss, vor einiger Zeit gerissen. Anstatt der üblichen breiten roten Kordel wurde sein Sack mit einer dunkelgrünen Kordel zugehalten. Genau diese Kordel erkannte er wieder. Es gab keinen Zweifel. Er war seinem Sack auf der Spur und würde ihn sich zurückholen.

Kai ging hinter einem parkenden Auto in Deckung. Er wollte sich vorsichtig an den vermeintlichen Dieb anschleichen, um ihn hautnah zur Rede zu stellen. Doch der andere Weihnachtsmann verschwand in einem Hauseingang. Kai lief sofort zum Eingang, doch die

Tür war schon zugefallen und von dem diebischen Weihnachtsmann war nichts mehr zu sehen. Er würde warten, sich eng an der Hausmauer postieren und den Dieb überrumpeln, wenn er wieder herauskäme.

Es muss sehr lange gedauert haben, denn Kai wurde sehr kalt. Das dünne Kostüm war eben nicht für lange Aufenthalte im Freien geschneidert worden. Er stellte den Kragen hoch und stampfte mit den Beinen, um sich warmzuhalten. Es half kaum. Endlich wurde das Treppenhauslicht eingeschaltet. Jemand kam zum Ausgang. Kai drückte sich eng an die Hauswand, um nicht aufzufallen. Schließlich wollte er das Überraschungsmoment auf seiner Seite wissen. Es gelang ihm auch. Kaum war der Dieb aus dem Ausgang hervorgetreten, packte er ihn am Kragen, zerrte ihn zur Seite und stelle ihn zur Rede: „Warum haben Sie meinen Sack gestohlen? Sie Dieb!" Der Mann wusste nicht, wie ihm geschah, glaubte an einen Überfall und stieß seinem Angreifer kräftig mit dem Ellenbogen in den Magen. Kai beugte sich vor Schmerzen unweigerlich vornüber, was dem anderen Weihnachtsmann Spielraum verschaffte. Er wollte flüchten, doch Kai rammte ihn mit der Schulter. Beide stießen gegen ein parkendes Auto und fielen zu Boden. Kai landete als

Erster im Schnee. Der andere Weihnachtsmann fiel auf ihn. Die oben liegende Position war sein Vorteil. Schnell setzte er sich auf und holte mit der Faust aus, um seinem unterlegenden Angreifer einen mächtigen Fausthieb zu verpassen. Doch er hielt inne: „Kai? Bist du das? Was soll das?" Beide schnauften einen Moment, um sich zu erholen. Die Situation war eskaliert.

Kai erkannte, dass er unterlegen war und auf ihm sein Kollege Paul hockte, dessen weißer Bart beim Sturz abgerissen worden war. Paul senkte die Faust und zog sich am Türgriff des Autos langsam hoch. Er blickte Kai an, der immer noch benommen im Schnee lag und nach Worten rang. „Du hast meinen Sack gestohlen. Ich habe deine Spuren im Schnee bis hierhin verfolgt und meinen Sack an der gründen Kordel erkannt", prustete er benommen und setzte sich behutsam auf. Kais Magen schmerzte immer noch nach dem heftigen Schlag mit dem Ellenbogen. „Ich weiß nicht, warum du das gemacht hast, aber ich möchte jetzt meinen Sack wiederhaben", stöhnte er weiter.

Jetzt wurde Paul klar, worum es bei dieser plötzlichen Attacke überhaupt ging. Aber er wusste auch, dass er den Sack nicht gestohlen hatte. „Deine grüne Schleife? Mir ist meine rote Schleife vorgestern gerissen. Übrigens passiert das vielen Kollegen. Es ist eben minderwertiger Stoff. Also habe ich mir etwas von der grünen Rolle genommen, die bei uns in der Agentur ausliegt und meinen Sack damit verschlossen. Es ist mein Sack und meine grüne Kordel. Aber wenn du unbedingt einen Sack brauchst, dann kannst du gern meinen haben. Ich bin nämlich mit meinen Terminen durch für heute. Zum Glück! Es war stressig genug und mit diesem zerrissenen Bart kann ich jetzt nichts mehr anfangen." Er zeigte auf seinen Kostümbart im Schnee und schmiss Kai seinen leeren Sack vor die Füße.

Kai wurde klar, dass er überreagiert hatte. Pauls Darstellung klang plausibel. So hatte er seinen Sack ja auch repariert. Aber er war sich so sicher gewesen, dem richtigen Täter auf der Spur gewesen zu sein. Was sollte er jetzt tun? Reumütig schaute er zu Paul auf und erklärte alles noch mal der Reihe nach. Abschließend fragte er: „Verzeihst du mir?" Paul nickte und streckte seinem Kollegen die Hand entgegen, um ihm aufzuhelfen. Beide froren sehr. „Also ein Weihnachtswunder, das dir deinen Sack bringt, kann ich dir nicht bieten. Aber ich habe im Auto einen Becher heißen Kaffee. Ich parke gleich drüben in der Hauptstraße beim Toilettenhäuschen." Kai nickte. Sie stützten sich gegenseitig und taumelten den Weg zurück in Richtung Toilettenhäuschen. Als sie Pauls Auto erreichten, ahnte Kai, wo sein Sack sein könnte.

„Das ist deine Limousine? Sieht aus wie mein Auto. Es ist das gleiche Modell. Die gleiche Farbe. Ich parke genau dahinter und …" Seine Stimme wurde vor Erstaunen über die Situation leiser. Auch Paul bemerkte jetzt, wie identisch die beiden Fahrzeuge unter der leichten Schneedecke aussahen und setzte den Satz seines Kollegen fort: „…Und du hast die Autos verwechselt und da ich mein Auto grundsätzlich nie abschließe, konntest Du einfach einsteigen…"

Sie schauten auf die Rückbank von Kais Auto und erkannten den verloren geglaubten Sack. Paul sah ihn überrascht und verständnisvoll zugleich an. Er wusste, dass der Job manchmal sehr stressig sein konnte. Kai war den Tränen nahe vor Freude. Nun könnte er doch noch die letzten beiden Termine wahrnehmen, wenn auch nicht mehr pünktlich. Paul füllte den Becher seiner Thermoskanne und reichte ihn seinem Kollegen.

„Kai, ich habe einen Vorschlag. Ich helfe dir und nehme dir einen Termin ab. Dann hast du weniger

Stress und wir werden beide nicht zu spät zu Hause sein. Es ist doch schließlich Weihnachten." Kai nickte und die beiden konnten endlich über diesen verrückten Weihnachtsabend lachen. Und einen Reservebart hatte Kai immer im Auto, wenn er als Weihnachtsmann unterwegs war. Jetzt fühlte Kai sich sehr erleichtert und würde entspannt den nächsten Termin mit einem herzlichen Lächeln wahrnehmen. So wie man sich einen Weihnachtsmann wünscht.

Ganz normale Weihnachten

Kapitel 1

Weihnachten ist das Fest der Familie. Idealerweise findet man in dieser Zeit Ruhe und Besinnlichkeit. Neben dem Austausch von Geschenken bietet sich die Möglichkeit, auch Dinge zu tun, die man sonst nicht macht, zum Beispiel, gemeinsam einen Weihnachtsbaum zu schmücken und ein besonders Essen zu genießen. Eben ganz normale Weihnachten.

In diesem Jahr wollten wir, das sind meine Frau Sonja, meine zwölfjährige Tochter Martina und mein vierzehnjähriger Sohn Fabian, Weihnachten zusammen mit der Familie meiner Frau feiern. Schon im Herbst hatte sich mein Schwager Christian mit seiner Frau Eileen und ihrem gemeinsamen Sohn Kevin, der erst ein Jahr alt war, zu einem zweiwöchigen Winterurlaub bei uns angemeldet. Da die drei in Boston leben, sahen wir uns kaum und freuten uns sehr auf ein gemeinsames Fest.

Weil es aber in unserem kleinen Holzhaus mit so vielen Menschen für zwei Wochen viel zu eng geworden wäre, brachten wir die Familie meiner Frau im einzigen Hotel unserer norddeutschen Kleinstadt unter.

An Heiligabend trafen wir uns zu einem gemeinsamen Frühstück in unserer kleinen Küche, um den weiteren Tagesablauf zu besprechen. Eileen hatte bereits vor Tagen darauf gedrängt, unseren Kamin mit Aromastoffen aus behandeltem Fichtenholz anzufeuern. Es duftete beim Anzünden besonders stark nach Fichte, ein Duft, der in Deutschland nur schwer zu bekommen war. Auf Eileens Wunsch hin hatten wir es jedoch beim Holzhändler bestellt und hofften, dass es noch an Heiligabend geliefert würde. Die Frauen planten, umgehend nachzufragen. Danach wollten sie das Abendessen vorbereiten, während wir Männer uns um den Weihnachtsbaum kümmerten.

In Erinnerung an meine Kindheit schlug ich vor, selbst einen Baum zu schlagen. Die Begeisterung war meinem Schwager sofort anzumerken, als wollte er sich selbst damit einen Kindheitstraum erfüllen. Obwohl meine Kinder körperliches Engagement verabscheuen, waren auch sie überraschenderweise einverstanden, und das ohne jeglichen geschwisterlichen Streit. So stand der Plan für den Tag fest.

Kapitel 2

Nachdem Kevin sein Fläschchen bekommen hatte und warm angekleidet worden war, schlief er im Kindersitz meines silbernen Kombis sofort ein. Der Verkehr kam bei den verschneiten Straßen nur schleppend voran. Mittag war längst vorbei, als wir den Verkaufsstand für Weihnachtsbäume am Stadtrand erreichten.

Entlang der Parkplätze waren bunt beleuchtete Holzbuden platziert, an denen man Glühwein, heiße Würstchen und warme Süppchen kaufen konnte. Ein Duft nach frisch gebrannten Mandeln lag in der Luft, und aufgrund der Hanglage hatten wir den besten Ausblick auf den Wald und die tiefer gelegene Stadt. Schon von Weitem war ein reges Treiben am Waldrand zu erkennen: Besitzer von Weihnachtsbäumen zurrten ihre Trophäen auf den Dächern ihrer Fahrzeuge fest. Gut sichtbar erkannten wir eine schneebedeckte Holzhütte, über deren Eingangstür in großem, grünem Schriftzug „Weihnachtsbäume und Geräteverleih" zu lesen war. Christian mietete zwei Äxte und einen Zugschlitten. Damit waren wir für unser

Abenteuer gerüstet und machten uns auf dem schmalen Trampelpfad auf in den großen Wald. Die Baumwipfel streiften bereits die Abenddämmerung. Bald würden sie den ganzen Wald still und dunkel einhüllen.

Kapitel 3

Es war Fabian, der sich mit Christian sofort einig war und auf eine fast drei Meter hohe Tanne zeigte – dies sei der richtige Baum.

Das Schlagen mit den Äxten überließ ich den beiden und schaute verloren in Kindheitserinnerungen zu, wie der grüne Riese fiel. Alle gaben sich große Mühe, unseren Fund auf dem Schlitten zu festzuschnallen. Mit zügigen Schritten schafften wir es gerade noch, aus dem Wald zu kommen, bevor die Dämmerung ihn verschluckte.

Mein Schwager bestand darauf, den Baum zu bezahlen und reihte sich zusammen mit den Kindern in eine kurze Schlange an der Kasse des Geräteverleihs ein. Ich nutzte die Zeit und setzte Kevin in seinen Kindersitz ins Auto. Kaum hatte ich ihn festgeschnallt, hörte ich auch schon knirschende Schritte hinter mir, die die Ankunft meines Schwagers und der Kinder ankündigten.

Es kostete uns einige Mühe, den langen Baum auf das Autodach zu hieven. Bald schauten wir erschöpft, doch voller Stolz auf den Wagen, dessen Dach in voller Länge unsere traumhafte Edeltanne schmückte. Nach einem Augenblick der Stille flackerten plötzlich alle vier Blinklichter des Autos einmal kurz auf, als wollten sie wie Adventskerzen unser Weihnachtswerk feierlich erleuchten. Es brauchte wohl noch zwei Sekunden, bis mir klar wurde, dass Kevin mit der Funkfernbedienung der Zentralverriegelung spielte, die mir aus der Jackentasche gefallen sein musste, als ich ihn im Kindersitz anschnallte. Der Wagen war jetzt verschlossen.

Mein Schwager schaute mich hilfesuchend an: „Und nun?", fragte er. Ich antwortete nicht und setzte mein bestes Lächeln auf, schritt an die hintere Seitenscheibe des Wagens und begann, meine Nase an ihr plattzudrücken. „Hallo Kevin, mein kleiner Buttsche. Komm, drück noch mal aufs Knöpfchen", säuselte ich gegen die Scheibe.

Auch mein Schwager hatte die Situation jetzt verstanden. Er stand binnen weniger Sekunden an der gegenüberliegenden Scheibe. Genauso eindringlich suchte er nach Zauberworten, damit sein Sohn noch einmal auf den richtigen Knopf der Fernbedienung drückte. Der Kleine reagierte sofort und streckte seine Hand in Richtung seines Vaters aus. „Papi da", stellte er vergnügt fest und ließ den Autoschlüssel fallen. Jede Hoffnung, dass Kevin das Auto von Innen mit der Fernbedienung wieder öffnen könnte, war verloren.

„Na, super! Ganz großes Kino! - Papi da!", fauchte ich meinen Schwager an. - „Ach, jetzt bin ich also schuld, oder wie? Wer hat denn den Schlüssel im Auto fallen lassen?", verteidigte er sich.

„Mir ist kalt", maulte Martina, „können wir jetzt los?" Synchron antworteten mein Schwager und ich ein entschiedenes: „NEIN!".

„Also gut", sagte ich. „Wir werden nun den Automobilclub anrufen, die kommen bestimmt und können die Tür öffnen. Danach rufen wir zu Hause an und sagen, dass wir später kommen." Ich nahm mein Handy und wählte die Nummer des Automobilclubs. Nach nur zwei Minuten war das Wesentliche geklärt: Aufgrund des Feiertages würde man keinen eigenen Mitarbeiter schicken können, sondern einen örtlichen Vertragspartner. Man wollte diesen jedoch sofort informieren und losschicken. Dies könne allerdings bis zu einer Stunde dauern. In der Zwischenzeit sollte man sich doch mit warmen Getränken versorgen und das Mobiltelefon eingeschaltet lassen. Meinen Schwager beruhigte der Plan nur mäßig, auch die Kinder wurden jetzt richtig ungeduldig. Ich schickte sie alle los, um heiße Getränke für uns zu besorgen.

Zwanzig Minuten später waren alle Buden geschlossen, der Parkplatz fast leer. Schweigsam standen wir mit unseren Drinks neben dem Auto und blickten auf die verschneite Stadt. Die meisten Häuser waren beleuchtet, die Schornsteine rauchten und in der Ferne flackerte sogar ein großes Feuer auf, das einen farblichen Kontrast zur weißen Winterlandschaft bot. Kevin war in seinem Kindersitz eingeschlafen, unsere Frauen telefonisch nicht zu erreichen. Jetzt konnten wir nur noch auf den Pannendienst warten.

Kapitel 4

Sonja beendete ihr Telefonat. „Verdammt!", schimpfte sie. „Der Holzhändler hat uns zwar das Holz zurückgelegt, schließt aber bald. Wir müssen uns beeilen, wenn wir das Fichtenholz noch bekommen wollen." Sie überlegte kurz. „Wir machen es so: Ich schiebe schnell den Braten in den Ofen, Du bereitest den Kamin vor und dann fahren wir sofort los." Eileen nickte und hatte schnell ein kleines Feuer im Kamin entfacht. Bis zu ihrer Rückkehr würde es sicher weiterbrennen. Dann wäre der Kamin vorgeheizt und bestens vorbereitet für das wohlriechende Fichtenholz.

Der Händler erwartete die beiden Frauen bereits. Zu dritt beluden sie den kleinen Wagen bis unters Dach.

Die Rückfahrt dauerte jedoch länger als erwartet: Die Straßen waren glatt, der Verkehr stockte und die Sicht war stark eingeschränkt, zum einen durch den fallenden Schnee, zum anderen behinderten die Holzscheite das Sichtfeld erheblich. Aber es roch unsagbar gut nach Fichte.

Zu Hause angekommen, hielten die beiden vor der Grundstückseinfahrt. Mit einem Holzstück in jeder Hand stapften sie den schmalen Gehweg hinunter zum kleinen Blockhaus, das idyllisch in einer Senke des Grundstücks lag. Dann der Schock: Sobald die Haustür aufging, kamen dunkle Rauchschwaden aus dem Haus. „Der Braten!", schoss es Sonja in den Kopf, Eileen vermutete den Kamin als Verursacher. Durch das Öffnen der Tür drang schlagartig so viel Sauerstoff ins Haus, dass eine gewaltige Stichflamme die Frauen zu Boden drückte. Das Holzhaus stand sofort in Flammen.

Der Brand war auch in weiter Ferne noch zu sehen.

Kapitel 5

„Ich bin Bauer Erdmann", stellte sich ein alter Mann mit Fellkapuze und schweren Stiefeln vor. Geschickt sprang er von seinem Trecker und berichtete, dass man ihn gerufen habe, um ein Fahrzeug zu bergen.

Ich erklärte ihm die Situation. Er ging mehrmals ums Auto, begutachtete die Lage, und stellte fest: "Also wie ich das sehe, gibt es nur zwei Möglichkeiten: Entweder breche ich mit einem Stemmeisen die Tür oder das Fenster auf. Das wird teuer! Oder ich versuche, Sie in die Stadt abzuschleppen." Ich entschied mich fürs Abschleppen. Der Bauer schob ein Stahlgestell unter die Vorderräder und hob sie dadurch leicht an. Das andere Ende des Gestells wurde fest mit seiner Zugmaschine verbunden, dann quetschten wir uns zu fünft auf den Trecker. Wenngleich es sehr kalt war, hatten die Kinder ihre abenteuerliche Freude an der Aktion. Christian blickte vom Traktor durch die Frontschreibe auf Kevin, der noch immer schlief.

Die Rückreise verlief ohne Probleme, bis Kevin auf dem Rücksitz erwachte und zu weinen begann. Christian versuchte sofort, ihn durch Fratzen und Rufen zu beruhigen. Vergeblich. Bevor ich mich versah, stellte sich Christian hin und fing wild zu gestikulieren an. Ich wollte ihn beruhigen, fürchtete, dass er jeden Augenblick über die Verbindungsstange auf mein Auto klettern würde.

Durch den Rückspiegel nahm Bauer Erdmann die eskalierende Situation wahr und trat unvermittelt stark auf die Bremse. Es kam zur Kettenreaktion: Mein Kombi sprang aus dem Stahlgestell, der Trecker bekam durch den Aufprall meines Wagens einen kräftigen Stoß gegen sein Heck, drehte sich und rutschte in den Graben neben der Fahrbahn. Wir alle stürzten in den Schnee. Mein Auto rutsche, gebremst durch den Aufschlag am Traktor, vergleichsweise seicht ebenfalls in den Graben. Das Gute: Der Bordcomputer löste die Airbags aus und aktivierte die Notentriegelung der Türen. Christian fiel weich auf die große Tanne. Er war schnell bei seinem Sohn und konnte ihn problemlos aus dem Fahrzeug holen. Jedenfalls erzählte man mir das später im Krankenhaus.

Kapitel 6

Das Bett war angenehm warm, nur der Kopfverband drückte ein wenig. Dann berichtete mir der Arzt, dass meine Frau und Schwägerin ebenfalls auf der Station lägen.

„Da es ihnen offenbar besser geht, kann ich nun alles nochmal einmal für sie zusammenzufassen", stellte der Arzt sachlich fest: „Ihrer Frau und Ihrer Schwägerin geht es bis auf ein paar leichte Prellungen und Abschürfungen gut, Ihrem Haus und Ihrem PKW, in der

Summe betrachtet, weniger. Der genaue Zustand entzieht sich jedoch meiner Kenntnis. Für nach den Feiertagen haben sich bereits mehrere Versicherungsvertreter angekündigt." Er reichte mir die Visitenkarten.

„Martina und Fabian haben je ein verstauchtes Bein, Ihr Sohn hat zudem einen verstauchten Arm. Bauer Erdmann erlitt einen Schock und zog sich eine Beule am Kopf zu. Sie haben eine Gehirnerschütterung und stehen noch unter Schock. Dem kleinen Kevin geht es gut, Ihrem Schwager ausgezeichnet. Er hat in der Empfangshalle eine große Tanne aufgestellt und diese festlich dekoriert. Auch wenn ich Mullbinden als Tannenbaumschmuck für wenig geeignet halte. Unten warten alle auf Sie. Soll ich Sie runterfahren lassen?"

Benommen antwortete ich zögerlich: „Ja, bitte." Eine Schwester kam herbeigeeilt, half mir in einen Rollstuhl und schob mich durch einen langen Flur. Im Aufzug ging es ins Erdgeschoss, dann wieder einen langen Flur entlang, und endlich erreichten wir die Empfangshalle.

Alle waren da und lächelten. Es gab ein kleines, aber durchaus festliches Krankenhausmenü. Irgendwann konnten wir über das Geschehene schon wieder lachen. Draußen fiel der Schnee noch immer in großen

Flocken vom Himmel, durch die Straße zog ein Weihnachtsmann mit seinem Schlitten. Eben ganz normale Weihnachten.

Spät dran

Kapitel 1

Ich war spät dran. Zu meiner Erleichterung erkannte ich am Ende des spärlich beleuchteten Flures die geöffnete Tür eines Aufzugs. Die schwarz eingravierten Ziffern über der Tür zeigten an, dass es der Expressfahrstuhl war, der nur die ungeraden Stockwerke anfuhr. Daneben ein zweiter Fahrstuhl, der in allen elf Etagen des Hochhauses hielt. Ein rotes Warnschild signalisierte, dass er außer Betrieb war. Ich hievte den Jutesack über die Schulter, klemmte die überflüssige Rute unter den Arm und hob den aufwendig dekorierten, sperrigen Schlitten an. Ich sollte ihn als Sonderwunschbestellung dem kleinen Johannes bei meinem Auftritt als Weihnachtsmann zeigen.

Zügig schritt ich zum Expressaufzug. Während ich dabei war, meine Utensilien in der winzigen Fahrkabine zu verstauen, öffnete sich die Haustür und ein auffällig korpulenter Mann mit einem roten Mantel eilte ins Haus. „Warten Sie, ich komme mit!", rief er mir zu. Seine Stiefel stampften über den Flur und er stöhnte unter der Last seines prall gefüllten Jutesacks.

Offenbar ein Kollege. Auch wenn er mir leidtat und er womöglich, so wie ich, unter Zeitdruck stand, konnte ich mir nicht vorstellen, die ohnehin schon zu enge Kabine mit ihm zu teilen. Ich tat so, als hätte ich ihn nicht bemerkt und drückte auf den Tastschalter neben der elf. Die Tür setzte sich umgehend in Bewegung.

Jedoch kurz bevor sie sich schloss, wuchtete der dicke Mann seinen Fuß zwischen Tür und Seitenwand. Der Sensor erkannte die Blockade und öffnete die Tür. Um sicherzugehen, dass sie sich wirklich nicht wieder schloss, packte er die Tür zusätzlich mit seiner Hand und drückte sie auf. Gequält von der Anstrengung lächelte er, so freundlich es möglich war, und schob seinen korpulenten Körper in unsere Kabine. Ich quetschte mich in die hinterste Ecke. Als er mit Sack und Pack im Fahrstuhl stand, hätte keine Fliege mehr mit hineingepasst.

„Danke, dass Sie gewartet haben, Herr Kollege", bedanke sich der Mann. Ihm war vermutlich nicht aufgefallen, dass ich mich nicht freiwillig in diese Situation gebracht hatte. „Ich heiße Bauer. Benno Bauer von der Agentur Weihnachtsglück. Unser Motto: Es ist verrückt! Wir bringen Ihnen das Weihnachtsglück!" Jetzt strahlte er über das ganze Gesicht. Ein Weihnachtsmann, der von seinem Dienstherrn auf

Beste geschult war, schlussfolgerte ich und antwortete: „Bruno Fechner. Angenehm!" Der Fahrstuhl hatte sich in Bewegung gesetzt.

„Oh, ich sehe, Sie müssen auch in den Elften. Passt ja großartig. Ich bin spät dran. Wir haben hier im Haus drei Wohnungen zu versorgen. Im elften Stock rechts und im sechsten Stock rechts und im Zehnten links. Mein Kollege war vor zwei Stunden im Zehnten. Dort kam er zu spät, die Familie hatte sich schon in der Zentrale beschwert. Doch als er dann in den beiden restlichen Wohnungen überhaupt nicht erschienen war, haben die mich alarmiert. Ich kann Ihnen sagen, die waren echt sauer und das an Heilig Abend. Na ja, so habe ich wenigstens etwas mehr zu tun. Als Single hat man ja keine Verpflichtungen." Er stöhnte erneut. Vermutlich, weil es in der kleinen Fahrkabine eng und heiß wurde. Ich antwortete nur mit einem verständnisvollen Lächeln, als könne ich nachvollziehen, wie ihm zumute war. Auch wenn ich ebenso wie er für einen Kollegen einsprang, der nicht zu seinem Termin im elften Stock erschienen war, hielt ich es für angebrachter, dieses Detail nicht als Einstieg für eine weitere Konversation zu nehmen. Wir waren beide spät dran und die Fahrt würde in Kürze zu Ende sein. Erwartungsvoll schaute ich auf die Stockwerksanzeige, die stetig hochzählte. Wir waren im zehnten Stock. Gleich sollten wir uns aus der Enge befreien.

Mein Mitfahrer konnte die Stille jedoch nicht ertragen und führte seinen Monolog fort. „Etwas stickig hier drinnen. Na, wir können ja kein Fenster öffnen". Er lachte, als hätte er einen Witz gerissen. „Von welcher Agentur kommen Sie?", fragte er. „Vom der Weihnachtsmannagentur Nord", antwortete ich schlicht. Der Fahrstuhl hatte jetzt den elften Stock erreicht, doch zu meiner Verwunderung hielt er nicht an. Es gab plötzlich einen heftigen Ruck. Wenn wir nicht eng verkeilt gestanden hätten, wären wir beide umgefallen. Es folgte ein Krachen und die Stockwerkanzeige meldete „Fehlfunktion". Dann war es still.

Kapitel 2

Der Dicke erkannte die Situation sofort: „Wir stecken fest! Wir müssen sofort die Feuerwehr rufen und die Polizei oder ein Rettungskommando." Offenbar bekam er Panik. Durch den Aufprall war sein angeklebter Bart verrutscht. Seine Halsschlagadern pochten und er schwitzte stärker als zuvor.

„Beruhigen Sie sich, wir kriegen das hin! Es ist nur eine Fehlfunktion. Entspannen Sie sich und versuchen Sie, den Alarmknopf hinter sich zu drücken."

Meine Worte beruhigten ihn ein wenig. Mühsam drehte er sich um und presste seinen zittrigen Zeigefinger auf den Alarmknopf. Eine Sirene schrillte, danach ertönte ein Gong und eine automatische Stimme forderte uns auf zu warten. Eine Sprachverbindung zur Notrufzentrale würde sich in Kürze aufbauen. Die Ansage wurde mehrfach zweisprachig wiederholt.

„Glauben Sie, das funktioniert? Was ist, wenn das Seil reißt und wir in die Tiefe stürzen? Es wäre doch furchtbar, wenn wir ausgerechnet am Heiligen Abend sterben würden!"

„Atmen Sie tief durch! Ich sage Ihnen, es wird alles gut. Der Fahrstuhl hat ein Sicherheitssystem. Wir fallen nicht nach unten." Kaum hatte ich ausgesprochen, meldete sich eine Dame aus dem Lautsprecher des Fahrstuhls und ich beschrieb ihr kurz die Lage. Die Dame versicherte sich dreimal, ob wir wirklich genau in diesem Fahrstuhl steckten. Der Techniker wäre an dem Abend bereits zweimal vor Ort gewesen. Dann versicherte sie, dass Hilfe unterwegs sei. Es würde nicht lange dauern.

Anfangs war Benno dadurch beruhigt. Aber mit jeder Minute, in der sich nichts tat, wurde er nervöser und suchte ein anderes Gesprächsthema. Dann kam er auf die Idee, die Agentur anzurufen und mitzuteilen, dass er den Termin nicht halten könne. Doch in der einen Tasche seines Weihnachtsmannmantels, in der ein Handy Platz gefunden hätte, steckte nur ein Fläschchen Schnaps. Er zögerte nicht lange.

Ich grinste. Das erste Mal an diesem Abend konnte ich ihn verstehen. Auch ich ließ mein Handy immer im Auto. Zum einen sollte es während meines Auftritts nicht klingeln oder mir aus der Tasche fallen, zum anderen war es gut, in der einzigen Tasche – es war die Innentasche - eine kleine Belohnung für einen harten Arbeitstag oder eben für außergewöhnliche Situationen zu haben.

Der Techniker kam tatsächlich schnell. Vom Kontrollraum aus konnte er den Fahrstuhl per Hand an die Ausstiegsposition im elften Stock absenken. Kurz darauf standen wir erleichtert im elften Stockwerk und bedankten uns beim Techniker. Dieser wollte den Aufzug nun außer Betrieb setzen und bat uns, später die Treppen zu nehmen. Er wies in Richtung einer Stahltür am Ende des Flurs mit der Aufschrift „Treppenhaus/Ausgang".

Endlich konnten wir zu den Familien, die uns bereits sehnsüchtig erwarten. Ich ging in den linken Flur, Benno in den rechten.

Kapitel 3

Es gab keine Zeit für Erklärungen. Die Familie war über die Verspätung verärgert. Als sie jedoch das Strahlen in Johannes Augen sahen, war der Ärger vergessen und es wurde eine schöne Bescherung.

Ich freute mich über das glückliche Ende und den bevorstehenden Feierabend. Ich hob den Schlitten an, klemmte die Rute und den leeren Jutesack unter den Arm und begab mich zum Treppenhaus. Die Stahltür krachte laut hinter mir ins Schloss, als ich die Treppen hinunterstieg.

Im sechsten Stockwerk traf ich auf Benno. Er stand verzweifelt röchelnd vor der Treppenhaustür. Ich erkannte, was ihm Kopfzerbrechen bereitete. Die Tür hatte nur einen Knauf, keine Türklinke wie an der Innenseite. Sie ließ sich von unserer Seite nur mit einem Schlüssel öffnen. Benno schaute entsetzt: „Die Türen sind alle so! Ich war schon drei Stockwerke darüber und zwei Stockwerke drunter. Was machen wir nun?"

Ich überlegte kurz und schlussfolgerte: „Wir gehen jetzt zusammen nach unten. Dort gibt es bestimmt einen Notausgang und dann sehen wir weiter."

So stiegen wir die restlichen Stockwerke hinab. Je näher wir dem Erdgeschoß kamen, desto deutlicher drangen Stimmen herauf. Wir freuten uns. Bestimmt waren es Bewohner mit dem Türschlüssel, die vielleicht schon auf uns warteten.

Wir staunten nicht schlecht, als wir im Erdgeschoß auf Bernd und Benjamin trafen. Beide waren im Weihnachtsmannkostüm. Bernd von der Agentur Weihnachtsglück und Benjamin von der Weihnachtsmannagentur Nord. Unsere Kollegen!

Ja, es gebe einen Notausgang, berichteten sie. Man hätte alle Türen des Treppenhauses schon überprüft. Alle hätten einen Knauf, bis auf den Notausgang. Aber der sei verschlossen. Da hinge nur ein Schild mit der Aufschrift „Zur Zeit defekt" an der Türklinke. Man müsse hier wohl auf einen Bewohner warten.

So setzte ich mich mit den drei anderen Weihnachtsmännern auf die Treppenstufen. Wir griffen alle zur

Innentasche unserer Standardarbeitskleidung. Immerhin hatten wir etwas zu trinken und in den Säcken waren noch ein paar Geschenke. Schließlich wussten wir nicht ob uns am Heiligabend ein Bewohner öffnen würde. Aber vielleicht würden unsere Zentralen ja noch ein oder zwei Kollegen schicken…

Mit einem besinnlichen „Frohe Weihnachten" prosteten wir uns zu.

Wie man sich jeden Wunsch erfüllen kann

Es war ein typischer Vorweihnachtstag in einem gewöhnlichen Einkaufszentrum einer deutschen Großstadt. Die Ladenzeilen der großzügig angelegten Flaniermeilen im Inneren sowie auch die Außenfassade erstrahlten im festlichen Weihnachtsglanz der unzähligen Lampen und Lichterketten. Obwohl es draußen sehr kalt war, lag kein Schnee. Aus diesem Grund glänzten sogar die Bodenfliesen auffallend sauber. Die Kunden genossen das weihnachtliche Ambiente und ließen erleichtert ihre roten Nasen auftauen, die sie auf dem Weg vom kühlen Parkhaus mitbrachten. Im Hochparterre, gleich am Ende des aufwendig inszenierten Krippenspiels, saß Klaus, der Center-Weihnachtsmann.

Ab dem späten Vormittag hatte er die Aufgabe, immer zur vollen Stunde eine Weihnachtsgeschichte zu lesen. Danach sprach er mit den Kindern und hörte sich ihre Wünsche an. Manchmal redete er auch mit den Eltern. Dabei nahm er Wunschzettel entgegen, die er später heimlich im Altpapier entsorgte. Für die

Kinder war es jedoch endlich eine Möglichkeit, ihre Bitten zielgerichtet abgeben zu können. Mal forderte Klaus dafür ein Gedicht als Gegenleistung, mal ein kleines Lied. Manchmal, wenn er den Eindruck hatte, dass es nötig sei, gab er den Familien auch Aufgaben mit nach Hause. Wie zum Beispiel zusammen ein Weihnachtslied zu singen oder eine Weihnachtsgeschichte zu lesen. Anschließend reichte er ihnen etwas aus seinem Sack: Äpfel, Clementinen, Schokoweihnachtsmänner, kleine Spielzeuge oder auch mal das eine oder andere Kinderbuch. Den Sack mitsamt Inhalt bekam er vom Center-Management gestellt.

Auch wenn die Arbeit für ihn mittlerweile zur Routine geworden war, die er nach vielen Dienstjahren inzwischen gelangweilt ausführte, legte er jedes Jahr ein eigenes Geschenk in den Sack, das er immer kurz vor Heiligabend an ein besonderes Kind verschenkte. Das war seine eigene, ganz persönliche, Art, seinen Job zu machen. Obwohl es jetzt schon spät war und das Center nur noch wenige Stunden geöffnet haben würde, hatte er jedoch bisher noch keine Gelegenheit gehabt, sein Geschenk auszugeben.

Mit von Strapazen der letzten Tage müden Gliedern stellte er die Uhr an seinem Aufsteller auf die nächste volle Stunde. Dann würde er wieder die Weihnachtsgeschichte vorlesen und anschließend weiteren weihnachtsmännlichen Verpflichtung nachkommen. Doch nun war es erst einmal Zeit für eine Pause.

Er setzte sich etwas abseits von seinem üblichen Stuhl und biss in eine selbstgeschmierte Stulle. Von der anderen Seite des breiten Flurs aus beobachtete ihn ein kleiner Junge. Klaus schätzte ihn auf etwa acht Jahre. Er war ihm schon die letzten Tage aufgefallen, da er sich immer an der gleichen Stelle befand. Jeden Nachmittag stand er neben dem Handyladen unter dem großen Wegweiser mit der Aufschrift „Zum WC" und genoss eine übergroße Portion schneeweißer Zuckerwatte, die er vermutlich an der Mandelbude im Untergeschoß gekauft hatte. Er war immer allein dort und sah Klaus mit leuchtenden Augen an. Der junge war einfach gekleidet. Er trug eine blaue Jeanshose, die an den Knien weißliche Rutschflecken aufwies. Sein grünes Sweatshirt passte zur Jahreszeit, die weißen Turnschuhe waren abgetragen.

Der Junge hatte Klaus´ Neugier geweckt. Da er gerade Zeit hatte, lächelte er und ging spontan zu ihm hinüber. Auf dem Weg schluckte Klaus den letzten Bissen seiner Stulle hinunter. „Hallo, ich bin der Weihnachtsmann. Also…" Er zögerte, ob er sich offenbaren sollte, sprach aber dann doch weiter. „Ich bin der Klaus und arbeite hier." Der Junge senkte die Zuckerwatte und schluckte einen Bausch hinunter. „Ich heiße Benjamin. Meine Mutter arbeitet hier.", antwortete er und zeigte auf das WC-Schild. „Sie putzt die Toiletten." Klaus nickte verständnisvoll. „Da hat sie bestimmt immer viel zu tun. Und du bekommst wohl jeden Tag eine Zuckerwatte?" Benjamin lachte, als fühlte er sich ertappt. „Ja, ich helfe mit und dann bekomme ich zur Belohnung die Zuckerwatte. Jedoch nur wenn wir viel Trinkgeld bekommen. Aber wenn ich groß bin, werde ich Center-Manager und kann mir jeden Wunsch erfüllen, weil ich dann ganz viel Geld verdiene. Dann kaufe ich mir so viel Zuckerwatte, wie ich möchte."

Klaus nickte zuversichtlich. „Dann sind wir ja Kollegen." Er griff in den Sack und gab Benjamin einen Apfel. „Hier, bitte schön! Denk auch immer daran, etwas Gesundes zu essen. Als Kollegen müssen wir ja zusammenhalten. Wenn du magst, kannst du gern auch zu mir herüberkommen, wenn ich später die Geschichte lese." Darüber fing der Junge vor Freude an zu strahlen. Klaus streichelte ihm freundlich über den Kopf und machte sich wieder auf den Rückweg. Es wurde Zeit. Bald würde die nächste Lesung beginnen.

Obwohl es nur noch wenige Stunden bis zur Schließung waren, war das Einkaufszentrum bis zum Rand mit Besuchern gefüllt. Die Menschen drängelten und Klaus ahnte, dass die restlichen zwei Lesungen an diesem Tag sehr anstrengend werden würden. Wie üblich setzte er sich in seinen Stuhl, schob seine Lesebrille etwas tiefer und schlug ein besonderes Weihnachtsbuch mit dem Titel „Weihnachten sitzen wir alle in einem Boot" auf. Aus diesem las er besonders gern vor. Kinder und Eltern stellten sich eng um ihn herum. Die Erwachsenen schoben, soweit möglich, die Kinder nach vorne, denn einige kehrten um, weil sie doch Angst vor der mächtigen Weihnachtsmanngestalt bekamen. Klaus hatte kaum den ersten Satz gelesen, da wurde es ruhig und alle lauschten gespannt seiner Geschichte, die er geübt und mit eleganter Betonung vortrug. Zur Belohnung bekam er am Ende einen kurzen, aber kräftigen Applaus. „So, liebe Kinder, bitte stellt euch in einer Reihe auf und kommt einzeln oder zusammen mit eurer Mama und eurem Papa zu mir. Ihr bekommt dann etwas aus meinem Sack und wer möchte, darf mir seinen Wunschzettel geben." Es wurde lauter und die Kinder sortierten sich unter elterlicher Anleitung schnell zu einer kleinen Schlange. Dann trat eines nach dem anderen vor. Obwohl er sehr konzentriert war, fiel ihm im hinteren Drittel der Warteschlange das unruhige Verhalten zweier älterer Kinder auf, die vermutlich ohne Eltern erschienen waren und wenig Rücksicht auf die Kleineren nahmen. Einige der Erwachsenen hatten sich bereits beschwert. Die beiden drängelten, waren laut und kicherten.

Schließlich waren sie an der Reihe und standen mit einem frechen Lachen wenig respektvoll vor Klaus. Auf die Frage, ob sie ein Gedicht oder Ähnliches vorbereitet hätten, stammelten sie synchron einen weihnachtlichen Standardspruch dahin. Klaus zog wenig beeindruckt die Augenbraue hoch und wollte gerade in seinen Sack greifen, um den beiden wenigstens einen Apfel zu geben und so endlich ihren Auftritt zu beenden, als der eine plötzlich fragte: „Dürfen wir mal Ihren Bart anfassen?" Das überraschte Klaus. Hatten die Kinder jetzt doch einen weihnachtlichen Hauch verspürt und Neugierde auf den Weihnachtsmann entwickelt? Es würde ihn sehr freuen. Also erlaubte er es ihnen und schob seinen Kopf etwas nach vorn, damit die Kinder den Bart besser erreichen konnten. Doch Klaus hatte sich getäuscht. Die beiden warfen sich kurz einen bestätigenden Blick zu und zogen dann zusammen kräftig an seiner weihnachtlichen Gesichtsbehaarung. Klaus erschrak und riss seinen Kopf zurück nach hinten. Die Störenfriede ließen nicht los und rupften den Bart schließlich komplett ab. Für einen Moment war es still geworden. Die Knirpse waren erschrocken. Damit hatten sie nicht gerechnet. Sie schauten einander zuerst panisch an und rannten kurz darauf mit dem edlen Stück in der Hand weg. Entsetzt blickte Klaus in die Runde der restlichen Kinder, sprang auf und lief den Bartdieben hinterher. Doch sie verschwanden blitzschnell in der Menge. Atemlos blieb Klaus am Ende der Etage stehen und verschnaufte.

Man hatte ihm gerade sein wichtigstes Erkennungsmerkmal gestohlen. Er war wütend und enttäuscht. Aus der Ferne sah er, wie sich die Gruppe um seinen Leseplatz langsam auflöste. Aus der Puste und ohne Bart, dafür noch mit Kleberesten im Gesicht, stand er reglos da. Das war ihm bisher noch nie passiert. Sicherlich gab es in all den Jahren immer mal wieder Kinder, die den Weihnachtsmann berühren wollten, aber dass jemand so dreist war und ihm einfach den Bart abriss, war noch nie vorgekommen.

Auch wenn Klaus noch nicht ganz klar war, wie oder ob er seine nächste Aufführung ohne Bart überhaupt fortführen sollte, wusste er doch eines ganz genau. Er musste gehen und die Klebereste des Bartes aus seinem Gesicht waschen. Das, was er sonst immer erst zu Hause machte, würde er jetzt im Waschcenter des Einkaufzentrums machen müssen.

Die billige Flüssigseife löste den Kleber nur zögerlich, aber mit etwas Schrubben klappte es schließlich. Ohne Bart konnte er seine letzte Lesung für heute nicht halten. Ein Weihnachtsmann ohne Bart war einfach kein Weihnachtsmann. Systematisch überlegte er daher, ob es im Einkaufszentrum die Möglichkeit gab, sich einen neuen Bart zu besorgen. Stockwerk für Stockwerk ging er im Kopf die Läden durch: ein Großmarkt für Unterhaltungselektronik, zwei Lebensmittelgeschäfte, diverse Boutiquen, Sportbekleidung, ein Tabakgeschäft, einige Restaurants, zwei Optiker, eine Buchhandlung sowie zwei Drogeriemärkte. Vielleicht könnte er sich Watte aus der Drogerie besorgen, dachte er kurz, verwarf den Gedanken aber sofort wieder. In seiner Anfangszeit hatte er das einmal versucht. Es hatte nur mäßig geklappt. Gerade wollte er sich das Gesicht und die Hände abtrocknen, als Benjamin unvermittelt neben ihm auftauchte.

„Na, mein junger Freund. Jetzt bin ich nur noch Klaus. Mein Bart ist ab", stöhnte er, während er seine Hände trocken rieb. „Ja, ich habe gesehen, wie die beiden

Jungen damit abgehauen sind." „Soll ich dir einen Neuen besorgen? Wir sind doch Kollegen! Da hilft man sich doch!" Klaus beugte sich überrascht zu ihm herunter. „Ja, weißt du denn, wo man so etwas herbekommt?" Benjamin lachte. „Ja klar, warte hier! Ich bin gleich zurück." Dann rannte er los und verschwand irgendwo in den Tiefen des Einkaufszentrums.

Schon bald war er wieder da und hielt in seinen Händen eine große weiße Portion Zuckerwatte. „Hier, für dich", verkündete er und streckte Klaus die Zuckerwatte entgegen. Dieser verstand erst nicht, was Benjamin damit meinte, doch dann wurde es ihm schlagartig klar. Er könnte sich die Zuckerwatte einfach ins Gesicht pappen. Sie klebte sofort und ließ sich leicht seiner Gesichtsform anpassen. Dann nahm er den Rest der Leckerei und hielt ihn sich neben den Kopf. Benjamin drehte sich um und verschwand erneut. Als er wiederkam, hielt er eine Sprühflasche in der Hand. Klaus war gerade damit fertig geworden, sich die Zuckerwatte so elegant ans Kinn zu kleben, dass sie wie ein echter Weihnachtsmannbart aussah. „Schau mal! Das habe ich aus der Damentoilette. Die Frauen benutzen es für die Haare, damit die fest sitzen. Das kannst du über deinen Bart sprühen, dann hält er besser. Meine Mutter sagt, dass du es benutzen darfst."

Klaus war tief beindruckt von der kreativen Lösung des Jungen.

Mit wenigen Sprühstößen fixierte er sein neues altes Accessoire. Nun konnte die Lesung beginnen und der Abend war gerettet.

Als er die Herrentoilette verließ, bedanke er sich höflich bei Benjamin und dessen Mutter: „Sie müssen sehr stolz auf Ihren Sohn sein und ich freue mich zudem sehr, in ihm einen neuen Freund gefunden zu haben. Wenn die Lesung gleich vorbei ist, kommen Sie bitte als erste zusammen nach vorn zu mir."

Klaus konnte pünktlich beginnen. Es war wieder sehr voll um ihn herum. Er wählte eine Weihnachtsgeschichte aus, die von einem mutigen Jungen handelte, der Weihnachten gerettet hatte. Dabei dachte er immer an Benjamin und las die Geschichte mit besonders viel Enthusiasmus.

Als er fertig war, holte er den Jungen nach vorn. Ohne zu sagen, was er gemacht hatte, betonte Klaus, dass Benjamin ein tapferer Junge sei, der es mal zu etwas bringen würde. Jetzt war endlich der Zeitpunkt für sein besonderes Geschenk gekommen. Er griff tief in den Sack und holte ein Buch hervor, das er Benjamin gemeinsam mit einer großen Tüte Süßigkeiten in die

Hand drückte. Benjamin strahlte über das ganz Gesicht, als er sich voller Stolz mit dem Buch in der Hand zurück auf den Weg zu seiner Mutter machte. Langsam las er den Buchtitel:

„Wie man sich jeden Wunsch erfullen kann – Ein Ratgeber für Kinder, die hoch hinauswollen."

Wie gewonnen, so ...

Kapitel 1

„Aber es muss gehen. Irgendwie muss es möglich sein, dass Sie heute - also jetzt gleich - noch vorbeikommen!" Paul Gerhards Stimme schnellte nervös in die runden Löcher der alten, stark verschmutzten Sprechmuschel des Fernsprechers. Seine feuchten Hände umklammerten den Telefonhörer fest und eine Gänsehaut lief ihm über den Rücken. Es zog ein wenig in dem gut fünfzig Jahre alten Haus und die Tatsache, dass er nur mit Unterwäsche bekleidet in seinem Keller stand, ließ ihn frösteln. Irgendwie musste er es schaffen, heute noch Hilfe zu bekommen – und das möglichst schnell. Er hob das rechte Bein, welches in einem schweren, schwarzen Stiefel stecke und stellte es fest auf die unterste Stufe seiner Kellertreppe. „Bitte, es ist wirklich, wirklich dringend", bekräftigte er mit einem fast unterwürfigen Tonfall. Doch seine Bitte schien erfolglos zu sein. Der Mann am anderen Ende der Leitung erklärte, dass er seiner Frau helfen müsse, das Weihnachtsessen herzurichten und dann abends mit der Familie zusammen den Weihnachtsmann empfangen wolle. Es sei schließlich Heiliger Abend und da könne er doch wirklich nicht arbeiten. Und mit einem: „Ich fürchte, ich kann Ihnen da überhaupt nicht weiterhelfen...", schickte er sich an, das Gespräch zu beenden. Doch er kam nicht dazu, denn Gerhard unterbrach ihn mit einem guten und einleuchtenden Vorschlag: „Ich zahle Ihnen den dreifachen Preis und versichere Ihnen, dass Sie hier keine Stunde zu tun haben werden. Sie sind ganz schnell wieder zu Hause!" Einige Sekunden lang war nichts in der Telefonleitung zu hören.

Das Argument schien anzukommen zu sein. Mit einem Grinsen zupfte Gerhard an seinen langen Barthaaren. Er spürte, dass die Aussicht auf einen so hohen Verdienst seinen Gesprächspartner umgestimmt hatte. „Warten Sie einen Moment", hörte Gerhard den Mann sagen. Er lauschte gespannt, wie am anderen Ende der Leitung leise verhandelt wurde. Nach einer Weile vernahm er die erlösenden Worte: „Gut, ich komme. Wo wohnen Sie?". Der Mann kritzelte die Adresse hörbar auf einen Notizblock, versicherte ihm, in einer halben Stunde da zu sein, und legte auf.

Kapitel 2

Sören Klempinski suchte eilig sein Werkzeug zusammen. Als der Anrufer ihm zugesagt hatte, er würde den dreifachen Preis zahlen, war er schwach geworden. Die Geschäfte liefen nicht gut. Kunden hatten sich in letzter Zeit oft über seine groben Reparaturmethoden beschwert und die Aufträge nahmen ab. Es sprach sich in der Stadt herum, dass man Kempinski lieber nicht mit der Reparatur moderner Geräte beauftragte. Zudem fand er es toll, dass seine Frau ihn ziehen ließ, obwohl eine Menge vorzubereiten war. Schnell schlüpfte er in seinen blauen Arbeitskittel und eilte zu seinem rostigen Transporter, dessen Breitseite der blaue, zum Teil abgeschürfte Schriftzug „Klempinsi Klempnerei – schnell – gut – günstig" verzierte. Gerade hatte er den Motor gestartet, um vom Hof zu fahren, da stürzte seine Frau aus dem Haus und auf ihn zu. Das Fenster quietschte, als er es herunterkurbelte. Der Diesel tickte lauter. „Warte, warte", rief sie atemlos, „Onkel Berndhardt hat angerufen. Er liegt mit Grippe im Bett! Wir haben keinen Weihnachtsmann!"

Kempinski verzog die Stirn. Onkel Berndhardt war seine letzte Hoffnung auf einen günstigen Weihnachtsmann gewesen. Er hatte fest zugesagt, nach dem Abendessen als Weihnachtsmann verkleidet zu kommen, die Geschenke aus der Scheune zu holen und diese den Kindern zu bringen. Daran, dass er krank werden könnte, hatte niemand gedacht. „Es hilft nichts", knurrte Klempinski. „Du musst in der Weihnachtsmannzentrale anrufen. Sag, dass es ein Notfall ist. Das kann schließlich nicht so teuer werden und ich verdiene gleich genug. Erkläre ihnen einfach, wo die Geschenke liegen." Frau Klempinski nickte und gab ihrem Mann einen Kuss. Der alte Diesel beschleunigte und rutschte die verschneite Straße hinunter, bis er an der Kreuzung verschwand.

Kapitel 3

Gerhard war froh, dass jemand kommen würde, um ihm aus seiner misslichen Lage zu helfen. Es war aber auch zu dumm. In diesem Jahr war er als Springer eingeplant. Immer auf Abruf, wenn irgendwo ein Weihnachtsmann ausfiel. Aber bei seinem letzten Einsatz, vor einer Stunde, hatte ein Kind den Becher seines Vaters umgekippt. Pechschwarzer Kaffee war über den roten Mantel und die Hose geschwappt, die nun einen schwarzen Schatten trugen. Wer möchte schon solch einen Weihnachtsmann sehen? Eigentlich wäre das nicht so schlimm gewesen. Gerhard hatte das Kostüm schnell in seine moderne, digitale Waschmaschine mit Expresswaschgang hineingesteckt, das Expressprogramm mit Trocknung gewählt – und los ging´s. Doch nach wenigen Minuten gab die Maschine ein hässliches Glucksen von sich und blieb, gefüllt mit Wasser und seinem Kostüm, einfach stehen. Das Display blinkte wie eine weihnachtliche Lichterkette und zeigte: „STÖRUNG".

Gerhard suchte nach einem Handtuch, um dem Monteur, der in wenigen Minuten erscheinen würde, nicht in Unterhose gegenüberzutreten. Als er sich geschwind ein Badetuch um den Bauch wickelte, klingelte es auch schon an der Tür. Gerhard erreichte die Tür mit wenigen Schritten. Als er öffnete, blickte er in das angespannte Gesicht von Sören Klempinski. Hinter ihm stand der Firmenwagen. Schnell – gut - günstig. Genau das brauchte Gerhard jetzt. Nur Sekunden später schauten beide in das runde Bullauge der

Waschmaschine. Gerhard berichtete, wie es zum Stillstand der Maschine kam. „Die ist auf Störung gegangen", stellte Klempinski messerscharf fest und holte tief Luft, als wäre die Angelegenheit doch komplizierter als zunächst vermutet. „So leicht wird das nicht. Ich muss das Wasser ablassen, die Sperre lösen, den Deckel öffnen. Und dann muss ich mal sehen", schlug er vor. „Ja, ja ist gut! Machen Sie nur. Hauptsache es geht schnell", drängte Gerhard. So legte Klempinski los.

Gespannt schaute Gerhard dem Fachmann bei der Arbeit zu. Doch plötzlich riss ihn sein Telefon mit einem grellen Klingeln aus den Gedanken. Mit wenigen Schritten hastete er die Treppe hoch und griff nach dem alten Telefonhörer. „Ja, bitte", sprach er mit ernster Stimme in den Apparat. Das Telefonat war kurz. Er kritzelte die typischen Daten für einen Springereinsatz auf den kleinen Block neben dem Telefon. „Ja, verstanden, 19 Uhr. Wird erledigt." Es war noch etwas Zeit, aber er durfte nicht zu spät kommen. Zudem sollte er Geschenke aus einer Scheune holen. Er beschloss, sich nach dem Fortschritt der Arbeiten im Keller zu erkundigen.

„Wie sieht es denn aus", fragte er den Monteur vorsichtig, um keinen Stress zu verursachen, aber doch zu verdeutlichen, dass er eine zügige Lösung erwartete. Kempinski stand der Schweiß auf der Stirn. Die Arbeit war offenbar anstrengend. Gerhard fügte hinzu: „Ich muss bald los. Der Mantel muss ja auch noch trocknen.". Klempinski blickte ernst drein und wischte sich einen Schweißtropfen von der Stirn. Der Monteur hatte insgeheim gehofft, dass die Zeit davonlaufen werde. So ließe sich sein Kunde vermutlich leichter davon überzeugen, die sorgfältigen, feinen Arbeiten auszulassen und er könnte die ihm vertraute, gröbere Vorgehensweise vorschlagen: „Wenn es so eilig ist, müssen wir das Ganze aufbrechen. Geht dann eben nicht anders. Im Übrigen muss ich selbst ja auch wieder los." Gerhard wurde nervös. „Aufbrechen?", fragte er. „Ja, ja, hilft nichts. Dieser moderne Kram hat eine elektronische Sicherheitsverriegelung. Die ist schwer zu öffnen. Aber ich habe da was." Er griff in die Werkzeugtasche und holte ein langes Stemmeisen hervor. Die Spitze setze er zwischen Maschinengehäuse und der runden Ladeluke an. „Halt mal da fest und ich drücke hier". Ehe sich Gerhard versah, hielt er das Brecheisen an der Position fest, die Kempinski ihm vorgegeben hatte. Klempinski drückte mit aller Kraft auf den hinteren Teil des Werkzeugs. Mit einem berstenden Geräusch öffnete sich die Tür der Maschine einen Spalt. Einige Liter Wasser schwappten heraus. Ein weiteres krachendes Geräusch ertönte. Das Brecheisen war abgerutscht, der Deckel zu und der Boden nass. Gerhard ging um die Maschine, als suchte er eine bessere Stelle für das Ansetzen des Universalinstruments. Bei jedem seiner Schritte platschte es unter den Sohlen seiner durchnässten Hausschuhe. Kempinski ließ sich den Fehlversuch nicht anmerken. „Nochmal", ordnete er an. „Diesmal drücke ich allein und du steckst die Hand rein und ziehst den Mist raus", befahl er. Die beiden Männer legten los. Klempinski drückte, Gerhard griff durch den Spalt und zog das Kostüm hervor. Da rutschte das Brecheisen erneut ab. Der Deckel schnellte zu und hielt einen Teil des Kostüms in der Waschmaschine fest. Klempinski versuchte, den Vorgang weiter zu beschleunigen – schließlich war „schnell" sein Motto – und zog kräftig an dem Kostüm. Dabei zerriss es in zwei Teile.

„Na, da haben wir es ja schon", sagte er. „Das ging ja schnell." Gerhard schluckte: „Sind Sie wahnsinnig?" Doch der Klempner entgegnete: „Also nun hören Sie mal. Sie haben mich gerufen und wollten das schnell mal geregelt haben. Seien Sie froh, dass wir überhaupt etwas haben. Mehr kann ich nicht für Sie tun. Das macht zweihundert." Gerhard wusste nicht, ob er diesen Mann vor Wut in der Luft zerreißen oder ihm dankbar sein sollte. Hatte er nicht auch irgendwie Recht? Zudem stand er unter Zeitdruck und musste sich beeilen. Doch da kam ihm eine Idee. Gerhard holte seine Geldbörse und schaute Klempinski ernst an. „Hier sind zweihundert, aber die sechs goldfarbenen Schrauben aus Ihrem Werkzeugkoffer da drüben geben Sie mir dazu."

Der Klempner verstand das zwar nicht, willigte aber angesichts der Geldscheine ein. Eine Minute später entfernte sich Klempinskis tickender Diesel unter einer schwarzen Rußwolke von dem Grundstück.

Gerhard holte seinen Föhn aus dem Schrank, trocknete das zerrissene Weihnachtsmannkostüm und stach Löcher in dessen zerrissenen Saum. Dann wickelte er sich sein weißes Badehandtuch vom Körper und stach dort ebenfalls Löcher hinein. Schließlich schraubte er beide Teile kurzerhand mit den goldfarbenen Schrauben aus Klempinskis Werkzeugkoffer zusammen.

Sein neuer Mantel war fertig: Ein rotes Oberteil bis zu den Knien, dann goldene Schrauben, die wie Sterne an seinem Mantel funkelten und ein weißer Badetuchrand. Ungewöhnlich, aber stilsicher und besser als überhaupt kein Kostüm. Er konnte zu seinem Springereinsatz fahren.

Kapitel 4

Sören Klempinski hatte es sich mit seiner Familie gemütlich gemacht. Nach dem Essen setzten sich alle an den abgeräumten Tisch, auf dem Weingläser, Kerzen, eine Kanne Kaffee und Gebäck standen. Es dauerte nicht lange, da klingelte es an der Haustür. Sörens Frau ließ den Weihnachtsmann hinein, der ebenso wie Kempinski über das Wiedersehen überrascht war. Die Männer versuchten, sich nichts anmerken zu lassen. Doch Gerhard wurde nervös. Als er die Geschenke aus dem Sack nahm, vergaß er, die Kinder zu fragen, ob sie artig gewesen waren. Er wollte diesen Auftrag nur noch so schnell wie möglich zu Ende bringen. Gerhard gab sich Mühe, professionell zu arbeiten und seine Wut auf den Hausherren nicht zu zeigen. Das letzte Geschenk war sperrig und schwer. Er mühte sich, es aus dem Sack zu ziehen. „Na, da muss der Papa aber mal helfen und mit rausziehen", forderte er mit tiefer Stimme. Die Kinder schauten erwartungsvoll zu ihrem Papa, der sich vom Sofa erhob. Klempinski zog kräftig am Geschenk, während Gerhard am Sack zog. Zu zweit war das Paket deutlich leichter. Das Geschenk löste sich schlagartig aus dem Sack. Der Ruck war so groß, dass Kempinski das Gleichgewicht verlor und gegen den Tisch krachte. Er versuchte, sich noch am Tisch festzuhalten. Vergeblich! Im Fallen riss er die Tischdecke mitsamt allem Geschirr zu Boden. Der Kaffee spritze durch die Luft und Teller zersplitterten.

Gerhard wischte sich einen Kaffeespritzer aus dem Gesicht. Ein weiterer Kaffeefleck zierte seinen roten Mantel. „Das war das letzte Geschenk", stellte er nüchtern fest. „Wer bringt mich zur Tür?" Frau Klempinski schluckte entsetzt und deutete auf ihren Mann, der wieder auf die Füße gekommen war und nur zustimmend nickte. Geschwind trugen die Kinder ihre Geschenke zur Seite, damit diese sich nicht in der Kaffeepfütze auflösten.

Die beiden Männer erreichten die Haustür. „Das macht dann zweihundert", forderte der Weihnachtsmann. „Sind Sie wahnsinnig", fragte Klempinski. „Nun, Sie haben mich ja nun mal gerufen und ich habe mein Bestes gegeben", konterte Gerhard. Klempinski holte das Geld aus der Geldbörse: „Aber die Schrauben gehören mir!". Kräftig riss er am Rock des Weihnachtsmannes und die goldfarbenen Schrauben fielen zu Boden. Der Weihnachtsmann guckte verärgert, doch dann drehte er sich um und verschwand wortlos in der Nacht. Er wollte nicht streiten, es war doch Weihnachten ...

Weihnachten der Zukunft

Ich kann nicht sagen, dass der 24. Dezember ein ganz normaler Arbeitstag ist. Ganz gewiss nicht! Das ganze Jahr über arbeiten wir auf diesen einen Tag hin. Obwohl wir an all den anderen Tagen im Jahr so viel wie möglich erledigen, liegt es in der Natur der Dinge, dass die meiste Arbeit auf den letzten Tag vor Weihnachten fällt.

Heute ist der 23.12.2223 und es ist 16.55 Uhr Ortszeit in New York, Sektion 6531A. Kurz vor Feierabend. Genau genommen bin ich in der siebten Tiefebene des **Bureau** of **Common Wold Affairs** (BCWA). Sicher werden Sie gleich sagen, das könne nicht sein, weil ihr persönlicher Localizer, den Sie wie die meisten **Re**gistrated **Earth** **Citizens** (REC) als Plug-in für Ihr visuelles Informationssystem haben, einblendet, dass das Büro für allgemeine Weltangelegenheiten nur drei Tiefebenen besitzt.

Ich kann Ihnen jedoch versichern, dass ich nicht lüge, denn nicht alle Informationen sind tatsächlich nach dem internationalen Abkommen für Informationsausgleich im Jahr 2112 freigegeben worden. Bestimmte Geheiminformationen - sogar einige, die dem Gemeinwohl dienen - sind nach wie vor nur dem **W**orld **I**nformation **C**ouncil zugänglich. Dazu gehören auch einige Abteilungen des BCWA und ganz besonders die siebte Tiefebene, wo man sich seit fast hundert Jahren um die weltweite Organisation und Planung des Weihnachtsfestes kümmert. Denn nach der friedlichen Staatenzusammenlegung 2110 lag es aus Effizienzgründen nahe, alle besiedelten Lebenssektionen, die dieses Freizeitgestaltungselement nutzen wollen, zentral zu verwalten.

Seitdem erzeugen wir hier mit knapp tausend Mitarbeitern an insgesamt zwanzig Standorten für die Erde sowie den besiedelten Mond- und Marsgebieten ganz nach Belieben Weihnachtsfeste und zwar für jeden Bewohner, der mindestens 200.- **V**irtual **C**oins investiert. Nach oben gibt es preislich fast keine Grenze.

Ich erinnere mich gerne an das letzte Jahr. Damals wurden ich und einer meiner Kollegen damit beauftragt, ein **R**eal **C**hrismas **H**appening (RCH) zu organisieren. Das muss man sich mal vorstellen! Ein Weihnachtsfest, zu dem ein echter Mensch in ein Kostüm schlüpft, den weiten Weg zum Bewohner auf sich nimmt und dort reale Geschenke verteilt! Jeder weiß natürlich, dass es den Weihnachtsmann nicht gibt. Natürlich nicht! Dennoch zahlt man das Jahresgehalt eines Sektionsleiters dafür, dass man diese Figur einmal für wenige Minuten sehen und anfassen kann. Für mich und meinen Kollegen war es damals ein sehr spannendes, geradezu außergewöhnliches Ereignis, denn nur selten sind RCHs erwünscht. Wir entwarfen ein Weihnachtsmannkostüm an unserem Virtual Programming Interface (VPI), das dann sogar real produziert und an eine Ausgabestelle versendet wurde. Das war eine besondere Herausforderung. Wenn es nicht passte oder während des Weihnachtsmannbesuches etwas kaputt ging, - eine Naht aufriss oder der Anzug schmutzig wurde, konnte man nicht online eingreifen und eine Grafikanpassung vornehmen, wie bei normalen Weihnachtsfeiern üblich. Der normal übliche, virtuell geplante Besuch des Weihnachtsmannes war viel einfacher und sicherer. Selbst wenn er nicht durch einen Mitarbeiter des BWCA online überwacht wurde, lief im Hintergrund zumindest der virtuelle 3D-Programm-Monitor, der fehlerhafte Abläufe automatisch korrigierte. Zum einen lieferte er das geplante Programm aus und zum anderen erkannte er über die 3D-Scanner vor Ort, ob etwas schief ging. Im Falle eines Falles griffen dann Korrektur-Algorithmen ein.

Bei einem RCH dagegen waren die Fehlerrisiken groß. Man lief in Gefahr, dass der bestellte Weihnachtsmannbesuch anders verlief als geplant. Korrekturen waren nur möglich, indem man dem Mitarbeiter vor Ort über das implantierte Kommunikationssystem einen sprachgesteuerten Hinweis gab.

Eine zu große Abweichung zwischen den Daten des geplanten Besuches und der tatsächlich vom Scanner erfassten Realsituation könnte erhebliche Schadenersatzansprüche verursachen, was ein Grund für die hohen Kosten einer solchen Veranstaltung war. Hinzu kam das persönliche Risiko des Mitarbeiters vor Ort. Er musste sein sicheres Habitat verlassen, sich real zu einer Ausgabestelle begeben, dort das Kostüm anziehen und sich dann mit einem kostenpflichtigen Beamlifter in die Sektion des REC begeben. Beamlifter sind kernelektrisch betriebene Turbofahrzeuge, die meist von RECs oder in seltenen Fällen auch von URECs (Unregistrated Earth Citizens) gesteuert werden. URECs haben keine biologische Verträglichkeit mit den Datenports, die jeder REC am Schädel trägt. Darüber steht er stets mit der virtuellen Welt in Verbindung. URECs sind zwar verpflichtet, sich regelmäßig scannen zu lassen und so gesundheitliche Anomalien auszuschließen, aber sicher konnte man nicht sein, wen man überhaupt vor sich hatte. Hinzu kommt, dass der Außendienstmitarbeiter auch nicht genau weiß, wie es real an seinem Ziel aussieht. Oftmals muss er auch noch einige Meter auf nicht gescannten Gehwegen zurücklegen, die womöglich nicht mal überdacht sind.

Aber bei dem RCH im letzten Jahr verlief alles genau wie geplant und alle erlebten einen sehr schönen, fast 48 Minuten langen Weihnachtsmannbesuch. Der Weihnachtsmann zum Anfassen las Geschichten vor, erzählte von seinem Weihnachtsmanndorf am Nordpol und verteilte viele Geschenke. Selbst die automatisch durchgeführte Datenkontrolle am Ende ergab nur eine Fehlerquote von unter einem Prozent, was vertraglich keine Regressansprüche nach sich ziehen kann.

Ich schmunzle oft, wenn ich daran denke und frage mich, wie es sich wohl anfühlt, einen Weihnachtsmann anzufassen.

Mittlerweile ist es 17 Uhr und ich schalte meinen Systemarbeitsplatz auf Standby. Morgen wird das System die geplanten Weihnachtsabende in die Haushalte einspeisen und ein paar Tage später das Neujahrsfeuerwerk. Jedes Programm wird dabei sorgfältig vom virtuellen 3D-Monitor überwacht. Ab Januar werde ich dann wieder beginnen, neue Weihnachtsvorbereitungen zu planen.

Ich ziehe meinen Mantel über, fahre hoch ins Erdgeschoss und gehe durch die große Eingangshalle zum Ausgang. Vor der Tür herrscht hektisches Treiben. Feierabend! Alle wollen in ihr Habitat. Links neben der Eingangstür entdecke ich den bestellten Beamlifter. Ein älteres Modell, das sicher unbequeme Sitze hat und dessen Heizung vermutlich nur mangelhaft funktioniert. Die Scheiben sind noch auf maximale Tönung gestellt. Vermutlich wird es von einem UREC gefahren. Aber die Buchung war günstig. Achselzuckend öffne ich die Tür und lasse mich auf den kalten Ledersitz fallen. Der Beamlifter nimmt sofort seine Fahrt zum bestellten Ziel auf.

In der Hoffnung, nach einem langen Bürotag einige reale Worte wechseln zu können, klopfe ich an die Sicherheitsscheibe zum kleinen Leitstand des Transporters, wo ich einen UREC vermute. Mit einem leisen Surren senkt sich die Scheibe nach unten. Ein Port am Hinterkopf des Fahrers ist nicht zu erkennen. Am Navigationspult sitzt ein alter, weißbärtiger Mann, eingehüllt in einen weichen, roten Mantel. Sein Gesicht ist hinter seinem Bart kaum zu erkennen. „Frohe Weihnachten", höre ich eine tiefe Stimme brummen und der Beamlifter schwingt sich weiter in die Höhe. Für einen Moment sehe ich die warmen, lebensechten Augen meines Fahrers, er dreht sich zu mir um und lächelt. Ich verspüre plötzlich ein tiefes Glücksgefühl. Irgendjemand wollte mich zu Weihnachten wohl überraschen. Weihnachten ist so schön! Besonders dann, wenn es ein reales Weihnachten ist, ein RCH, mit einem echten Weihnachtsmann.

Vielleicht werde ich ihn fragen, ob ich seinen flauschigen Mantel berühren darf…

Tradition ist Tradition

„Wenn ich groß bin, werde ich Weihnachtsfrau", zitierte Frau Hoppe, Lisas Lehrerin, mit einem verständnisvollen Lächeln ihre Schülerin und führte weiter aus: „Ihre Tochter sagt das immer wieder! Manchmal weiß ich überhaupt nicht, wie sie auf diese Idee kommt. Aber Kinder im Grundschulalter haben oft viel Fantasie und denken sich die schönsten Dinge aus."

Ihr gegenüber saß Lisas Mutter Lena, die mit dem Ergebnis des Elterngesprächs zum Jahresende in der Schule sehr zufrieden war. Lisa sei ein offenes, wissbegieriges Kind, das viel Spaß in der Schule hatte und in allen Fächern gute Beurteilungen erhalten würde. Einem Besuch der weiterführenden Schule im nächsten Sommer stünde nichts im Wege. Damit entließ die Lehrerin die stolze Mutter in die Weihnachtsferien.

Auch wenn sie sich nichts anmerken ließ, überkam Lisas Mutter ein seltsames Gefühl. Eine Art Vorahnung. War es wirklich nur die Phantasie eines elfjährigen Kindes oder hatte ihre Tochter einen anderen Grund, so überzeugt zu sein? Zusammen mit ihrem Mann Julian würde sie mit Lisa darüber sprechen müssen. Schließlich war Weihnachten in dieser Familie ein wichtiges Thema. Denn Tradition ist Tradition.

Sehr früh am nächsten Morgen, dem Heiligen Abend, machte sich die Familie auf den Weg in den Weihnachtsurlaub. Wie jedes Jahr würden sie ihren verschrobenen Großvater auf dessen maroden Landsitz besuchen, der im nördlichen Teil des Landes idyllisch in einer weit abgelegenen Bucht lag. Ein ruhiger Ort, den der alte Mann für bestens geeignet hielt, um in aller Abgeschiedenheit Rentiere züchten und traditionelle Holzschlitten bauen zu können, mit deren Verkauf er den Landsitz und dessen Angestellte finanzierte. Dennoch reichten die Einkünfte kaum aus, um das gesamte Anwesen instand zu halten. Der besonders verfallene Anbau des Haupthauses war bereits vor vielen Jahren stillgelegt worden.

Der starke Winter in diesem Jahr hatte die gesamte Küste in eine weiße, unsagbar kalte Schneedecke eingehüllt. Schon seit Tagen schien das Thermometer bei minus dreizehn Grad eingefroren zu sein und selbst die besten Wetterprognosen gaben wenig Hoffnung auf einen Anstieg der Temperaturen. Der tobende Ostwind hatte zwar an Kraft verloren, aber es reichte immer noch aus, um die bauschigen Schneeflocken gegen die knochigen Holzrahmen der alten Fenster des Hauses zu schleudern. Bei ihrer Ankunft am frühen Abend konnte man kaum noch einen Blick durch die kleinen, rechteckigen Fensterscheiben werfen.

Wie jedes Jahr begrüßte sie Edward, der hagere Butler des alten Hausherrn, in gewohnt zurückhaltender Manier. Obwohl Lisa ihn vor Freude auch in diesem Jahr wieder herzlichst, unter leisem Protest ihrer Mutter, liebevoll umarmte, führte er sie gelassen und ohne erkennbare emotionale Reaktion zur Einnahme eines heißen Willkommensgetränks in die weihnachtlich geschmückte Bibliothek des Hauses. Während sich Lisa und ihre Eltern über die aufwärmenden Getränke hermachten, kümmerte sich Edward um das Gepäck der Familie. Später würde er sie an die angerichtete Tafel im Haupthaus bitten, an der sie ein üppiges Weihnachtmahl genießen könnten, bis ihr Großvater am späten Abend endlich Zeit für sie finden würde. So wie immer. Denn Tradition ist eben Tradition, wie der Hausherr stets zu sagen pflegte.

Nachdem Lisa einen ganzen Becher heiße Schokolade getrunken hatte, trat sie vor den Kamin und genoss dessen wohlige Wärme. Ihre Eltern gesellten sich zu ihr und alle umarmten sich. Sie waren froh, nach der anstrengenden Fahrt endlich angekommen zu sein. Während Julian nur an das bevorstehende Festmahl dachte, holte Lisas Mutter tief Luft. Sie fand, es wäre eine gute Gelegenheit, jetzt mit ihrer Tochter über die Weihnachtsfrau-Äußerung zu sprechen. Doch Lisa kam ihrer Mutter zuvor, indem sie selbstbewusst einen Schritt vor ihre Eltern trat und mit klarer Stimme verkündete: „Mama, Papa, bitte seid jetzt tapfer! Ich kenne das Geheimnis und Tradition ist nicht immer Tradition. Ich will Weihnachtsfrau werden!"

Jetzt war es raus. Julian und Lena starten sich an und schluckten. Sie fühlten sich ertappt. Irgendwann musste es ja rauskommen. Aber woher sollte ihre Tochter es wissen? Oder ging es vielleicht um etwas ganz anderes? Julian stellte sich ahnungslos: „Was meinst du denn damit, meine Süße? Wollen wir jetzt nicht erstmal etwas essen?" Er blickte zur großen, geschlossen Schiebetür, die die Bibliothek mit dem Esszimmer verband. Dahinter würde Edward sicherlich schon eingedeckt haben und sie in Kürze zu Tisch bitten. Lisa konkretisierte ihr Anliegen: „Ich weiß, warum Opa am Weihnachtsabend nie mit uns isst und immer erst so spät kommt." Ihre Mutter warf schnell eine Erklärung ein: „Naja, du weißt doch, dass er viel zu tun hat und sich um die Tiere kümmern muss und im Dorf zu tun hat. Das war doch immer so. Das ist doch Tradition und ...", doch Lisa unterbrach sie: „Ja, genau! Tradition ist Tradition! Und warum hast du neulich mit Papa darüber gesprochen, hierher zu ziehen? Zu Opa? Weil es Tradition ist?" Jetzt versuchte Julian, das Gespräch zu übernehmen: „Mein Liebes, beruhige dich! Ja, wir sprachen darüber, weil du doch im Sommer die Schule wechseln wirst und Opa die viele Arbeit hier draußen zu viel wird. Wir wollten mit dir nach Weihnachten darüber reden und dich fragen, wie du darüber denkst. Du fühlst dich hier doch eigentlich sehr wohl. Bisher waren auch noch so viele Details ungeklärt und..."

Lisa stemmte die Hände in die Hüfte: „Sind sie nicht! Ich sagte doch, dass ich Bescheid weiß. Außerdem bin ich mit allem einverstanden!" Die Situation war für Julian und Lena immer noch sehr überraschend. „Ich habe nur zwei Bedingungen", forderte sie. „Erstens essen wir am Weihnachtsabend alle zusammen und zweitens werde ich später einmal Weihnachtsfrau! Traditionen können sich auch mal ändern."

„Aber wie kommst du denn auf so etwas?", Julian schaute hilfesuchend zu seiner Frau. Doch sie kam nicht dazu zu antworten. Lisa schritt durch die Bibliothek hinüber zur großen Regalwand, zog die Rollleiter ein Stück weiter, stieg hinauf und zog am dicken Einband am Ende des vorletzten Regals. Langsam schob sich das Regal seitwärts und gab einen versteckten Geheimgang frei, der zum vermeintlich stillgelegten Anbau führte. Lisa stieg von der Leiter und trat hinein. „Los, kommt mit!" forderte sie ihre entsetzt dreinblickenden Eltern auf. „Sie weiß Bescheid", stöhnte Julian. Beide folgten ihrer Tochter. Das Essen würde warten müssen.

Der kühle Geheimgang führte einen schwach beleuchteten Flur entlang, an dessen Ende eine schwere Holztür den Weg versperrte. Mit aller Kraft musste sich Lisa dagegenstemmen, um sie zu öffnen.

Ein warmer Luftstrom kam ihnen entgegen. Auch wenn der Anbau äußerlich dem Verfall nahestand, sämtliche Zugänge verriegelt waren, sogar Warnschilder vor dem Betreten warnten, so war er innen bestens hergerichtet. Sie betraten einen großen Raum, der vermutlich früher als Fest- oder Ballsaal genutzt worden war. Edle Kronleuchter warfen ihr warmes Licht in jeden Winkel des großen Saals. Die Tische waren an die Seite geschoben worden. Auf ihnen lagerten unzählige Geschenkpakete, Wunschzettel und

Berge von Begleitschreiben mit festlich gestalteten Bildern. Die Decke war von weihnachtlichen Stuckmotiven elegant eingefasst, an den Wänden waren ebenfalls alle erdenklichen Weihnachtsmotive zu finden und in der Mitte erstrahlten zusätzlich die Lichter einer fantastisch geschmückten Edeltanne. Auch um die Tanne herum standen Geschenktürmchen. Julian und Lena versuchten mehrfach, ihre Tochter mit Worten zu stoppen, doch die wusste genau, wohin sie wollte.

Mit schnellen Schritten lief sie quer durch den Saal, hin zum großen, hell lodernden Kamin, vor dem ihr Opa in einem samtroten Weihnachtskostüm stand. Er war gerade dabei, einen Schlitten mit Geschenken zu beladen, der zusammen mit zwei weiteren Schlitten auf einem kurbelbetriebenen Laufband, sich langsam von einer Ecke durch ein Holztor kommend am Kamin vorbei zur anderen Eckebewegte, um dort durch ein zweites Holztor nach dem Beladen wieder zu verschwinden. Dahinter wurden die Rentiere vorgespannt und die Auslieferung konnte beginnen. Edward, der treue Butler, drehte die Kurbel gerade weiter, als Lisa ihren Opa in die Arme schloss. „Hallo meine Liebe", lachte er glücklich. „Da bist du ja endlich! Und wie steht es mit dir? Hast du deinen Eltern von deinen Plänen schon erzählt?" Er gab Edwards ein Handzeichen, den Schlittentransport zu unterbrechen. Er reagierte sofort. Das Laufband stand still.

Lisa blickte schuldbewusst auf den Boden und antwortete: „Naja, also nicht so richtig." Jetzt war Julian nicht nur klar, dass seine Tochter schon längst alles wusste. Ihm wurde auch klar, dass sein Vater hinter all dem stecken musste und er sie vermutlich schon im letzten Jahr in das Familiengeheimnis eingeweiht hatte. Jetzt gab es kein Halten mehr. Alles durfte gesagt werden. Er umarmte seinen Vater und legte seiner Tochter mit einem Lächeln den Arm um die Schultern und zog sie an sich. Dann zeigte er auf die alten Ölgemälde der Ahnengalerie über dem Kamin. „Siehst du da das Bild von Opa? Immer wenn ein Weihnachtsmann sein letztes Dienstjahr hat, dann wird ein Bild von ihm aufgehängt. Dann wird es Zeit für seinen Nachfolger."

Lisa kannte die Galerie vom letzten Jahr. Ihr Opa hatte ihr tatsächlich alles schon erklärt, als sie zufällig beim Spielen den Zugang zum Anbau gefunden hatte, da Edward vergessen hatte, den Geheimgang zu schließen. Ihr Großvater war der Weihnachtsmann und er würde nun einen Nachfolger brauchen. Stolz betrachteten sie die Bilder an der Wand und ihr Vater führte weiter aus: „Deshalb müssen wir umziehen. Es ist an der Zeit für mich, Großvater abzulösen. Es bleibt uns auch nichts anderes übrig, denn Tradition ist Tradition. Wir wollten es dir eigentlich schon gesagt haben." Er machte eine Pause, um seiner Tochter etwas Zeit zum Nachdenken zu geben. Aber ob sie diese überhaupt brauchte, wusste er nicht. „Was hältst du von all dem?" Es war still im Raum, alle blickten jetzt auf Lisa. Sie setzte ihren stursten Blick auf und schaute einen nach dem anderen an. Es wäre nicht leicht, ihren Vater zum Ändern der Tradition zu überreden, aber sie wusste ihren Großvater hinter sich.

„Also gut! Ich verstehe, dass du der Weihnachtsmann werden musst. Aber deshalb müssen wir nicht auf alle Ewigkeit auf dich am Weihnachtsabend verzichten und allein essen. Wir werden die Tradition nicht brechen, aber wir beugen sie, indem wir alle mithelfen werden. Schließlich gibt es hier doch genug zu tun wie man sieht." Sie zeigte auf die vielen Geschenke, die noch im Raum lagen und auf die baldige Auslieferung warteten. „Es heißt doch auch immer, der Weihnachtsmann hat so viele Helfer. Also fangen wir gleich damit an und später essen wir alle zusammen und haben ein schönes Fest miteinander. Ich bin dann eben keine Weihnachtsfrau, sondern erstmal eine Weihnachtsmannhilfsfrau." Opa nickte zustimmend in die Runde. Es entsprach tatsächlich nicht der Tradition, aber es war ein wirklich guter Vorschlag. Weihnachten war doch das Fest der Familie. Schließlich waren sie selbst die Hüter dieser Tradition. Wer also sollte sie für die Nichteinhaltung verantwortlich machen? Alle waren einverstanden, einen neuen Anfang zu wagen und so hatten sie zusammen ein wunderschönes Weihnachtsfest.

Viele Jahre später wurde in der Ahnengalerie ein Bild aufgehängt, das einen Weihnachtsmann zeigte, der zwar, wie alle anderen vor ihm, einen langen weißen Bart trug, dessen weibliche Gesichtszüge jedoch auffallend erkennbar waren.

Weihnachten sitzen wir alle in einem Boot

Kapitel 1

Der Weihnachtsmann, der letztes Jahr kam, sprach nicht nur wie Onkel Hermann, sondern hatte auch einen schneeweißen Bart, der schief angeklebt war, so dass auch die für Onkel Hermann typischen schwarzen Bartstoppeln zu sehen waren.

Peter war jedoch nicht enttäuscht. Er wusste schon lange, dass es keinen Weihnachtsmann gab. Schlimm war nur, dass seine Eltern nicht wussten, dass er mit seinen acht Jahren es schon lange wusste. Sie taten immer noch so, als gebe es ihn doch.

An seinem Geburtstag im Sommer hatte er Onkel Hermann beim gemeinsamen Kaffeetrinken der Familie beiläufig gefragt, ob er in diesem Jahr auch wieder den Weihnachtsmann spielen würde. Der tat sehr überrascht und stotterte etwas verlegen, dass *er* doch nicht der Weihnachtsmann sei, während Peters Mutter sofort alle Kinder zum Spielen in den Garten schickte, um von diesem heiklen Thema abzulenken. Doch Peter ließ nicht locker.

Während des Abendessens hatte er erneut gefragt, diesmal seine Mutter, wie es denn sein könne, dass der Weihnachtsmann alle Kinder auf der ganzen Welt beschenkte. Es wären doch so viele Kinder - und es gebe nur einen Weihnachtsmann. „Nun", hatte sie geantwortet und eine Denkpause eingelegt. „Der Weihnachtsmann hat doch viele Helfer, die genauso aussehen wie er. Das sind seine Kollegen und die gehen am Heiligen Abend zu den vielen Kindern und verteilen die Geschenke."

„Ach so", erwiderte Peter verstehend. „Wenn es aber so viele gibt, dann kann es ja auch passieren, dass einer so aussieht wie Onkel Hermann. Max in meiner Klasse hat ja auch die gleiche Frisur wie ich, und Carola sieht sogar genauso aus wie Svenja, weil sie Zwillinge sind", klärte Peter scheinheilig auf. Seine Mutter stimmte verlegen und zugleich beruhigt mit einem „Ja, genau!" zu, als sei sie froh, Peter wieder einmal plausibel erklärt zu haben, dass es den Weihnachtsmann eben doch gebe.

In diesem Winter kam Peter jedoch ein Zufall zur Hilfe: Wie jedes Jahr hatten seine Eltern ihn nach seinen Wünschen gefragt. Sie meinten, er solle einen Brief an den Weihnachtsmann schreiben. Seit er die ersten Wörter schreiben konnte, geschah jedes Jahr dasselbe. Er schrieb den Brief, Vater besorgte die Sachen auf dem Wunschzettel und Onkel Hermann spielte dann den Weihnachtsmann.

An diesem Nachmittag nun sollte Peter mal wieder sein Zimmer aufräumen und seine vielen Spielzeuge endlich in Kartons verstauen, während seine Eltern den Einkauf erledigten.

Die Kartons sollte er aus dem Arbeitszimmer seines Vaters im Keller holen. Als Vertriebsleiter für historische Möbel musste der oft von zu Hause arbeiten. Dort lagen Berge von Möbelkatalogen, viele Bücher, sogar diverse Kleinmöbel und Kartons in unterschiedlichen Größen. Peter trug fleißig einen Karton nach dem anderen nach oben in sein Zimmer im ersten Stock des Einfamilienhauses.

Beim letzten Mal nahm er gleich zwei Kartons auf einmal. Beim Anheben stieß er jedoch versehentlich gegen einen Papierstapel, der auf der Schreibtischkante lag, und riss ihn zu Boden. Erschrocken stellte Peter die Kartons wieder ab und sammelte die Blätter auf. Mittendrin entdeckte er seinen handgeschriebenen Wunschzettel. Er war mit einer Büroklammer an einem weiteren Blatt Papier befestigt worden. Ein Vordruck! Leise begann er zu lesen:

Weihnachtsmann Service GmbH

Sie nennen uns Ihre Wünsche und wir liefern alles durch unseren kompetenten Weihnachtsmannservice nach Hause. Suchen Sie sich einfach etwas Passendes aus unserem reichhaltigen Katalogangebot aus und füllen Sie das beigefügte Formular aus.

Das Formular war bereits ausgefüllt und so las Peter weiter:

Gewünschte Lieferzeit: 19 Uhr am 24.12.

Er blätterte weiter. Auf der nächsten Seite fand er die ausgefüllte Bestellung:

Personen:	Artikel:
Peter:	Der Füllfederhalter, das Computerspiel Katalog Seite 12, Seite 130
Opa Paul:	Gutschein für Hafenrundfahrt.
Tante Gertrud:	Schachtel Pralinen, Katalog Seite 8
Onkel Hermann:	Das Fitnessbuch mit CD, Katalog Seite 153
Mutter Inge:	Die Flasche Parfüm, Katalog Seite 223
Vater Horst:	Das Buch „Die Geschichte des Möbelbaus", Katalog Seite 18

Ermahnen Sie Peter, dass er häufiger sein Zimmer aufräumen soll!

Das waren also die Pläne seiner Eltern für Weihnachten. Sie wollten einen bestellten Weihnachtsmann kommen lassen.

Peter las nochmal die Liste der Geschenke durch und war verwundert: Stimmt! Er hatte sich ein neues Computerspiel gewünscht. Aber auch die tollen Schokoladenherzen, die er letztes Jahr hatte, mit den zarten Mandelsplittern, die beim Draufbeißen immer so schön knackten. Die ganze Familie hatte ihren Spaß damit, weil alle sie genauso gern mochten wie er. Die fehlten gänzlich auf dieser Liste! Opa sollte einen Gutschein für eine Hafenrundfahrt bekommen? Das hatte er doch schon so oft gemacht. Wie langweilig! Tante Gertrud bekam jedes Jahr Pralinen! Wie man leicht an ihrer Figur erkennen konnte, dachte er. Enttäuscht legte er das Formular wieder auf den Stapel zurück. Doch da kam ihm eine Idee. Er würde die Bestellung einfach umschreiben.

Schnell sortierte er die anderen Zettel auf den Stapel zurück, brachte die Kartons nach oben, warf in Windeseile seine Bauklötze in die Kartons und eilte wieder zurück ins Arbeitszimmer seines Vaters. Er hatte sicherlich noch eine Stunde Zeit, bis seine Eltern vom Einkaufen zurückkehrten. Die einzelnen Einträge auf dem Wunschzettel überdeckte er vorsichtig mit einem

Blatt weißem Papier und legte beides zusammen auf den Kopierer. Einen Tastendruck später spuckte das Gerät ein leeres Bestellformular aus.

Das Original legte er sorgfältig auf den Papierstapel zurück, um keinen Verdacht zu erregen. Nun überlegte er sich, wer welche Geschenke bekommen sollte.

Den Eintrag für sich übernahm er und ergänzte ihn mit einer großen Tüte Schokoherzen mit zarten Mandelsplittern. Das Computerspiel wünschte er sich tatsächlich sehr und einen Füller konnte man immer gebrauchen. Er beließ es dabei. Aber Opa, der als alter Admiral schon lange mal wieder in See stechen wollte, sollte endlich ein eigenes Boot bekommen. Dann würde er sicher mit Peter eine Tour machen. Der Katalog enthielt ein großes Schlauchboot auf Seite 615. Damit Opa beim Aufblasen nicht so viel pusten musste, denn er war ja nicht mehr der Jüngste, schrieb Peter eine Anmerkung dazu:

„Blasen Sie das Boot bitte gleich auf!"

Tante Gertrud sollte lieber Sport machen, anstatt Pralinen zu essen. Sie sollte sich auf einem Heimtrainer ertüchtigen, fand Peter, denn er wusste, dass sie nur ungern das Haus verließ. Peter wurde auf Seite 520 fündig. Er schrieb:

Tante Gertrud: Einen Stepper für straffe Beine, Bauch und Po, Katalog Seite 520. Ermahnen Sie Tante Gertrud streng, diesen auch zu benutzen!

Onkel Hermann könnte sicherlich auch Gefallen am Sport finden. Aber er sollte sich eigentlich viel gründlicher rasieren. Dann würde auch der künstliche Weihnachtsbart viel besser halten. Im Katalog war jedoch kein Rasierer zu finden. Aber auf Seite 610 gab es eine Frisiermaschine für den ganzen Kopf. So schrieb Peter weiter:

Onkel Hermann: Das Fitnessbuch mit CD Seite 153. Zudem Frisiermaschine Model „Fasson Champion", Katalog Seite 810. Führen Sie das Gerät bitte auch gleich vor und erklären alle Funktionen!!

Das Parfüm für seine Mutter würde sicher gut riechen, aber hatte sie sich nicht auch schon immer einen lernfähigen Saugroboter gewünscht? So notierte Peter:

Mutter Inge: Die Flasche Parfüm, Katalog Seite 223 und den „Intelli 3" Saugprofi mit Akku, Katalog Seite 918

Peters Vater liebte es in der Tat, zu lesen. Allerdings hatte er sich auch oft darüber beschwert, dass es im Wohnzimmer zu dunkel sei. Die Lösung fand Peter auf Seite 740:

Vater Horst: Das Buch „Die Geschichte des Möbelbaus", Katalog Seite 18, und den Deckenfluter „Sonnenstrahl", Katalog Seite 740.

Seine Eltern würden bestimmt sehr überrascht sein, aber sich bestimmt auch sehr freuen. Damit sie es damit leichter hätten, schrieb Peter noch eine besondere Ergänzung auf den Bestellzettel:

Für jeden: Eine Flasche Teufelsfeuer (58 %) als Begrüßungsschnaps für alle, bitte ausschenken!

Katalog Seite 1226

Sorgfältig faltete Peter den Bestellzettel und steckte ihn in einen Umschlag. Morgen würde er ihn zum Briefkasten bringen, und in zwei Wochen war auch schon Weihnachten…

Kapitel 2

Seit drei Tagen hatte es kräftig geschneit und die ganze Stadt war in einen weißen Wattebausch aus Schnee gehüllt. Obwohl der Schneedienst der Stadt sich pausenlos bemüht hatte, die Straßen von den Schneebergen zu befreien, waren sie schon nach wenigen Stunden wieder mit Neuschnee überzogen. Die wenigen Autos, die an Heiligabend nun noch unterwegs waren, kamen nur langsam voran. Alles wirkte ruhig und gedämpft. Schneeflocken fielen langsam zu Boden. Es war bereits dunkel, und die Geschäfte hatten schon seit einer Stunde geschlossen. Jeder, der jetzt noch auf der Straße war, beeilte sich, schnell nach Hause zu kommen, um das Weihnachtsfest im Kreise seiner Familie zu feiern.

Während Peter mit seinem Vater einen langen Spaziergang durch die Wohnsiedlung am Stadtrand gemacht hatte, war zu Hause der Tisch gedeckt worden.

Mit roten, kalten Nasen kamen sie in das warm beheizte Wohnzimmer ihres Hauses zurück und Peter zählte überrascht die Anzahl der Teller auf dem Esstisch. Es waren fünf Teller, zudem eine Schüssel mit Kartoffeln, eine weitere Schüssel mit köstlich duftendem Rotkohl. In der Mitte des Tisches stand ein knuspriger Weihnachtsbraten.

„Wieso sind es denn nur fünf Teller?", fragte Peter in die Runde, während er sich mit knurrendem Magen auf seinen Lieblingsstuhl setzte. „Onkel Hermann muss unerwartet heute Abend arbeiten und kommt erst spät nach Hause. Wir werden ihm etwas warmhalten", erwiderte sein Vater kurz, während er sich die Hände rieb und ebenfalls am Tisch Platz nahm.

Tante Gertrud und Opa Paul waren bereits seit dem Vormittag da. Sie hatte bei der Zubereitung des Festmahls geholfen, während Opa mit militärischer Gründlichkeit den Tannenbaum geschmückt hatte.

Onkel Hermann arbeitete als Apotheker im Schichtdienst. Es war nicht ungewöhnlich, dass er noch spät abends Dienst hatte. Auch im letzten Jahr kam er später. Natürlich, weil er den Weihnachtsmann spielen musste, wie Peter wusste. Aber in diesem Jahr war es doch eigentlich gar nicht nötig?

Peter war schon den ganzen Tag aufgeregt. Insgeheim freute er sich auf die überraschten Gesichter seiner Eltern. Vielleicht würden sie selbst wieder an den Weihnachtsmann glauben?

Wie so oft erzählte Opa beim Essen von seiner Zeit als Admiral bei der Marine und hatte Probleme, den Braten zu kauen. Sein Gebiss wackelte und rutschte mehrfach fast aus dem Mund, während er sprach. Tante Gertrud konzentrierte sie sich auf den reichlichen Genuss ihres Lieblingsweines, der es ihr leicht machte, die unmanierlichen Essgewohnheiten ihres Vaters zu ignorieren.

Pünktlich um kurz vor sieben, waren alle fertig, und Mutter belegte einen Teller mit zwei Bratenschreiben, einigen Kartoffeln und etwas Rotkohl. Diesen deckte sie mit einem Topfdeckel zu und stellte ihn für Onkel Hermann auf den Kaminsims. Beim Abräumen des Tisches halfen alle.

Dann war es endlich so weit. Der Türgong kündigte den Weihnachtsmann an.

Peters Mutter öffnete die Haustür. Eine Duftmischung aus Braten, frischen Tannen und Kerzenruß begrüßte den Weihnachtsmann. Schwungvoll betrat er das Wohnzimmer.

„Frohe Weihnachten! Wie ich höre, wart ihr im letzten Jahr alle recht brav. Aber Peter, du musst dein Zimmer öfter aufräumen!"

Der Weihnachtsmann blickte Peter mit einem Lächeln an. Dieser musste kräftig schlucken. Der Weihnachtsmann steckte in großen, schwarzen Stiefeln. Sein bauchiger Körper war in einen weichen roten Mantel gehüllt und im Gesicht hatte er einen weißen Flauschbart, der schief hing und so den Blick auf die für Onkel Hermann typischen Bartstoppeln freigab.

Der Weihnachtsmann nahm langsam seinen schweren Jutesack von den Schultern und begann, dessen Schleife zu lösen, als erneut der Türgong durchs Haus klang. Alle hielten verwundert inne.

Tante Gertrud ergriff die Initiative. Sie nahm einen großen Schluck aus ihrem schon zum zweiten Mal geleerten Weinglas und ging zur Haustür.

Einen Augenblick später stand sie wieder im Wohnzimmer. Sie blickte ihren Bruder fragend an.

Der wusste auch nicht, was er von dieser Situation halten sollte.

Neben seiner Schwester stand ein zweiter Weihnachtsmann, der lächelnd und mit tiefer Stimme verkündete: „Ho, Ho! Ich bin der Weinachts…!" Weiter sprach er nicht. Denn auch er war überrascht, einen Kollegen hier zeitgleich anzutreffen.

Alle im Raum tauschten verwunderte Blicke aus, als hofften sie, so eine Erklärung für all das in den Gesichtern der Anwesenden zu finden. Peter ahnte als Einziger, dass es sich wohl um eine Doppelbuchung handeln könnte, sagte aber nichts. Jetzt wollte er keinen Ärger bekommen.

Opa Paul brach das Schweigen: „Damals im Krieg hatten wir nicht viel. Heute gibt es alles im Überfluss. Sogar Weihnachtsmänner. Dabei weiß doch jedes Kind, dass es nur einen Weihnachtsmann gibt. Aber wenn wir so artig waren, dass ein Weihnachtsmann zum Tragen der Geschenke nicht ausreicht, schlage ich vor, dass ihr mal die Schotten aufmacht und zeigt, was ihr bei euch habt."

„Äh, richtig! Genau!", stotterte Peters Mutter, „das ist der Helfer vom Weihnachtsmann und beide haben Geschenke für uns. Was hast du, äh… haben Sie denn für unseren Peter dabei?"

Weihnachtsmann 1, alias Onkel Hermann, griff in seinen Jutesack und versuchte, da weiter zu machen, wo er aufgehört hatte:

„Mein lieber Peter, für dich habe ich hier einen wunderschönen Füllfederhalter und ein Computerspiel für deinen Laptop", verkündete er voller Stolz und übergab Peter die Geschenke.

Peter platzte vor Neugier und Freude. Beides hatte er sich ja gewünscht, aber was würde der zweite Weihnachtsmann nun machen. Peter blickte ihn fragend an, während Tante Gertrud sich ein neues Glas Wein einschenkte.

„Kein Problem", prahlte der zweite Weihnachtsmann. „Da halte ich mit. Hier, für dich, Peter, ein Füller und ein Spiel für deinen Computer. Dazu gibt es für die anderen hier eine Flasche Schnaps. Feuerwasser original! Ich schlage vor, wir alle gönnen uns erst mal einen zur Begrüßung."

Das ließ Tante Gertrud sich nicht zweimal sagen und holte geschwind die Schnapsgläser aus dem Stubenschrank. Peters Vater öffnete die Flasche und kurz darauf stießen alle feierlich an, bis auf Peter natürlich. Das löste die Anspannung, unter der sie alle gestanden hatten.

Weihnachtsmann 1 gönnte sich gleich ein zweites Glas und verkündete in die Runde, dass er nun gern weitermachen würde. Er wandte sich an Peters Mutter: „Für dich - äh... Sie - habe ich eine Flasche Parfüm. Bitte sehr!" Er gab ihr eine Flasche Parfüm aus dem Jutesack.

„Das ist ja mein Lieblingsparfüm! Toll! Danke schön!", sagte Peters Mutter lächelnd und umarmte Weihnachtsmann 1 kurz.

Weihnachtsmann 2, der das Geschenk noch übertreffen wollte, griff in seinen Jutesack und holte ebenfalls eine Flasche Parfüm hervor. Zudem den Saugroboter, den er wie beauftragt in Betrieb nahm.

„Das Modell „Intelli 3" bemerkt, wenn Schmutz auf den Boden fällt, und beginnt dann automatisch zu saugen. Dabei gibt er per elektronischer Sprachausgabe einen Bericht seiner Saugleistung ab", stellte Weihnachtsmann 2 das neue Gerät vor. Peters Mutter klatschte vor Begeisterung. Sie hatte sich schnell an die vielen Weihnachtsmänner gewöhnt. Hocherfreut schenkte sie eine Runde Feuerwasser nach und prostete der Familie und den Gästen zu. Auch Weihnachtsmann 2 wurde nun herzlich von ihr umarmt.

„Sie setzen wohl gern noch einen drauf?", knurrte Weihnachtsmann 1 Weihnachtsmann 2 an. „Für Horst habe ich ein Buch. Hier bitte!" Weihnachtsmann 1 streckte Peters Vater ein Buch entgegen, starrte aber mit ernster Miene Weihnachtsmann 2 an. Dieser nahm die Herausforderung an und konterte: „Klar, Sie komischer Weihnachtsmann. Hier habe ich ein Buch und damit Ihr Horst auch sieht, was er liest, eine tolle Leuchte. Das Modell „Sonnenstrahl" ist nämlich besonders hell." Er musste rülpsen. Vermutlich rumorte der Schnaps in seinem Magen.

„Ich bin also ein komischer Weihnachtsmann? Das müssen Sie gerade sagen. Wie sieht es denn mit Tante Gertrud aus? Ich habe hier für meine Frau nämlich eine wunderschöne Schachtel Pralinen. Bitte, Gertrud!", lallte Weihnachtsmann 1, dem offenbar das hochprozentige Feuerwasser auch zu schaffen machte.

„Ach, Pralinen?!" Da habe ich aber was viel Sinnvolleres für Ihre Frau!" Erneut griff Weihnachtsmann 2 in seinen Sack und holte den Fitnessstepper hervor, baute ihn auf und wies Tante Gertrud an, diesen umgehend und ab sofort regelmäßig zu benutzen. Gertrud kicherte und kletterte vergnügt auf das neue Gerät. Sie bemerkte nicht, dass sich die konkurrierende

Situation zwischen den Weihnachtsmännern verschärfte.

Peter hatte sich zwischenzeitlich mit seinem neuen Spiel und dem Laptop zu seinem Vater auf das Sofa gesetzt. Er versuchte bereits, den High Score zu knacken.

„Für Opa habe ich hier eine Hafenrundfahrt. Und Sie weisen meine Frau nicht an, was sie zu tun hat und was nicht", forderte Weihnachtsmann 1 Weihnachtsmann 2 auf und warf den Gutschein für die Hafenrundfahrt auf den Tisch in Richtung Opa.

„Guck mal, Hermann, ich habe schon 15 Steps geschafft", warf Gertrud immer noch erfreut ein.

„Wenn das Ihre Frau ist, dann müssen Sie wohl Onkel Hermann sein? Für Sie habe ich hier ein super Gerät. Kennen sie den Fasson Champion?"

Weihnachtsmann 2 stellte die Frisierhaube kurzerhand auf. Strom- und Wasseranschluss des Fasson Champion waren Dank der genormten Steckverbinder schnell hergestellt. Das mitgelieferte Waschmittel kippte er wütend dazu, komplett, bis zur Oberkante des Einfüllstutzens, unter Missachtung der vorgeschriebenen Höchstdosis. „Auch Sie können das neue Gerät sofort ausprobieren", forderte er seinen Rivalen auf. Der Streit der Weihnachtsmänner eskalierte. Weihnachtsmann 2 nannte Weihnachtsmann 1 einen Feigling, weil dieser nicht bereit war, den Fasson Champion zu benutzen. Weihnachtsmann 1 hingegen war betrunken und brauchte dringend etwas zu essen. Peters Mutter bemerkte das und holte den zurückgestellten Teller mit dem Essen vom Kamin.

In der Zwischenzeit hatte sich Peters Vater angeboten, den Fasson Champion freiwillig zu testen, unter der Bedingung, dass dann der Streit endlich aufhören würde. Kurz entschlossen stülpte er sich die Haube über den Kopf und verschloss den Riemen am Hals. Onkel Hermann, alias Weihnachtsmann 1, las aus der Bedienungsanleitung vor. Sein schiefsitzender Bart hatte sich gelöst und zuckte, an einem dünnen Klebefaden hängend, bei jedem Wort: „Für den Einheitsfassonschnitt halten Sie Taste 3 so lange gedrückt, bis die rote Startlampe leuchtet. Das Programm startet dann automatisch. Nach fünf Minuten schaltet das Gerät ab und Sie können die Haube vom Kopf abziehen. Bedecken Sie Kleidungsstücke vor Gebrauch bitte mit einem großen Handtuch."

„Geht es gleich los?" fragte Peters Vater gedämpft aus dem Inneren der fest anliegenden Haube. Die Antwort ließ nicht lange auf sich warten. Entschlossen drückte Onkel Hermann auf Taste 3. Ein Motor begann zu surren, und im Inneren der Haube bildete sich warmer, weißer Schaum, der alsbald am Hals des Vaters deutlich sichtbar hervortrat.

Mehrfach hatte Opa Paul gefragt, was denn Weihnachtsmann 2 für ihn hätte, doch im Tumult war die Frage stets ungehört geblieben. Alle starrten gespannt auf den schäumenden Fasson Champion.

Die zwei Weihnachtsmänner hatten ihren Streit begraben. Zu faszinierend waren die gurgelnden, fast würgenden Geräusche unter der Haube des Frisiergerätes. Peters Mutter stand mit dem gefüllten Teller für ihren Schwager in der Hand vor ihrem Mann und schaute besorgt dem Fortschritt der Maschine zu. Der viele Schaum beunruhigte sie zunehmend.

„Wie lange muss ich noch?" hörte man im Hintergrund Tante Gertrud auf dem Stepper stöhnen. Sie erlaubte sich nebenher einen weiteren Schluck des beliebten Feuerwassers. Als alter Admiral hatte Opa Paul sein Schicksal nun selbst in die Hand genommen. Während die anderen offenbar seinem Sohn ein modernes Outfit verschaffen wollten, hatte er sich mit leuchtenden Augen über den Jutesack von Weihnachtsmann 2 gebeugt und erkannt, welches Geschenk für ihn vorgesehen war. Den großen Karton mit dem Schlauchboot konnte er leicht öffnen. Währenddessen bemühten sich die anderen, die unerwartet große Menge von Schaum, die der Fasson Champion produzierte, wenigstens von den teuren Möbeln des Wohnzimmers fernzuhalten. Hektisch schaufelten sie mit beiden Händen die Schaumberge in die Zimmermitte.

Zu dem Schlauchboot gehörte auch eine kompakte Gaskartusche. Zielstrebig schraubte Opa sie an das Einlassventil des Wasserfahrzeugs. Die Anleitung versprach das sekundenschnelle Aufpusten des Bootes, wenn man den Auslösemechanismus betätigen würde.

Tante Gertruds Feststellung, dass sie am nächsten Tag wohl einen Muskelkater bekommen würde, wenn sie nicht bald damit aufhöre, den Stepper zu benutzen, ging im lauten, dreimaligen Piepen des Fasson Champions unter, der so anzeigte, dass das Wasch- und Schnittprogramm „Einheitsfassonschnitt" beendet sei. Die Kleidung des Vaters sowie der gesamte Wohnzimmerboden waren mit einem gleichmäßigen, schneeweißen, feinen Schaum bedeckt, der in seinem

Aussehen der weißen Winterlandschaft draußen in nichts nachstand.

Vorsichtig zogen Peters Mutter auf der einen Seite und Weihnachtsmann 1 alias Onkel Hermann auf der anderen Seite, dessen Bart sich durch den Schaum nun endgültig vom Gesicht gelöst hatte, die Haube des Fasson Champions ab.

Vom Licht geblendet kniff Peters Vater die Augen zusammen. Mit einem Blinzeln stammelte er etwas benommen: „Na, wie sehe ich aus?"

Alle schwiegen.

Als fühle er sich für das Ergebnis verantwortlich, wagte Weihnachtsmann 2 einen zögerlichen Anfang: „Sehr übersichtlich und insgesamt dynamisch sportlich."

Die füllige Lockenpracht des Vaters war nun auf einheitliche drei Millimeter Standardlänge im Rundformat reduziert worden. Es lag ein angenehmer Haarwassergeruch in der Luft.

Vorausahnend, dass Peters Vater mit dem Gesamtergebnis des Fasson Champion nur bedingt einverstanden sein würde, ergänzte Peters Mutter aufbauend: „Riecht aber sehr angenehm."

Die Augen des Vaters gewöhnten sich langsam an das Licht. Er blinzelte ein paarmal und erkannte Weihnachtsmann 2, der mit sehr skeptischem Blick vor ihm stand, gequält ein Lächeln unter seinem weißen Bart hervorschob und fragte: „Noch einen Schluck Feuerwasser?"

Im Hintergrund erkannte er Opa Paul, der genau jetzt im Begriff war, einen roten Hebel an einer Gaskartusche zu betätigen. Noch bevor er einschreiten konnte, um alle Beteiligten vor den Folgen des Gebrauches eines Schlauchbootes im Wohnzimmer zu warnen, hörte er fast zeitgleich das tief erschöpfte Jammern von Tante Gertrud, die feststellte, dass sie nun wirklich nicht mehr könne, und den begeisterten Aufschrei von Peter: „High Score!!!"

Dann gab es einen lauten Knall. Der Inhalt der Gaspatrone entleerte sich schlagartig ins Innere des Schlauchboots. Alle umstehenden Möbel und Personen im Raum änderten unfreiwillig ihren Standort.

Kapitel 3

Peters Vater glaubte für einen Moment, das Bewusstsein verloren zu haben. Als Erstes vernahm er die Stimme von Weihnachtsmann 2, der verkündete, dass er nun losmüsse, da er noch andere Kunden habe. Er kletterte vorsichtig über den umgefallenen Tisch und dann weiter über die Stühle, um zum Flur zu gelangen. Dort ließ er die Haustür leise hinter sich ins Schloss fallen.

Das Schlauchboot hatte sich tatsächlich, wie in der Anleitung beschrieben, ohne Probleme aufgeblasen. Opa saß kerzengerade im Boot und nutzte den inzwischen wieder aufgerichteten Tannenbaum als Mast in der Schiffsmitte.

Peter saß ganz stumm auf dem Sofa und beobachtete das Geschehen. Er hatte ein verdammt schlechtes Gewissen und befürchtete, Ärger zu bekommen. Früher oder später würde man herausfinden, warum es zwei Weihnachtsmänner gab. Das Wohnzimmer war ruiniert. Onkel Hermann hatte inzwischen Tante Gertrud wieder auf die Beine geholfen. Beide versuchten,

Ordnung in das Chaos zu bringen. Peters Mutter half ihrem Mann, sich aufzurichten. Der Schaum zerfiel zunehmend zu Wasser. „Mensch Horst! Das waren wirklich mal aufregende Weihnachten. Wenn mein Enkel nicht selbst dabei gewesen wäre, hätte ich ihm eine Menge zu erzählen. Wollt ihr nicht einfach mit ins Boot kommen? Die Aufräumarbeiten können auch die Soldaten machen", lud Opa Paul die Familie zu sich ein. Vaters Blick war zunächst ernst, aber dann grinste er: „O.K.! Tisch und Stühle aufstellen und dann alle Mann ins Boot! Ich möchte wissen, was es mit den zwei Weihnachtsmänner auf sich hatte."

Als alle im Boot saßen, hörten sie ein Surren. Peters Vater vermutete zunächst, dass sich der Fasson Champion ein neues Opfer gesucht hatte, aber dem war nicht so. Der „Intelli 3" hatte sich programmgemäß aktiviert und begann damit, die Reste des Schaums und Wassers aufzusaugen. Nach jedem Quadratmeter meldete er den Stand seiner Arbeiten mit einer metallischen Stimme. Sogar die Reste von Onkel Hermanns Abendessen wurden in den Schaumresten lokalisiert und beseitigt.

Peters Vater erklärte, dass er ursprünglich vorgehabt hätte, einen Weihnachtsmannservice zu beauftragen, sich es aber dann doch anders überlegt hätte, weil Onkel Hermann doch immer so großen Spaß dabei hätte, den Weihnachtsmann zu spielen. Das sei auch der einzige Grund gewesen, warum er und seine Mutter immer noch die Geschichte vom Weihnachtsmann aufrechterhielten.

Peter entschuldigte sich bei seinen Eltern, weil ihm klar war, dass er einen allzu großen Unfug angezettelt hatte. Jetzt, wo sie alle in einem Boot saßen, konnten sie gemeinsam über diese verrückte Geschichte lachen. Onkel Hermann hatte inzwischen die Pralinen aufgegessen, die eigentlich für seine Frau bestimmt waren. Diese hatte sich fest an ihren Mann gekuschelt und war vom Steppen und dem vielen Wein müde und erschöpft, dem Einschlafen nahe. Opa fühlte sich wie auf hoher See und wollte gerade das Kommando zum Ablegen geben, als der Türgong erneut durchs Haus hallte.

Alle sahen sich überrascht an, als würde ihnen die gleiche Frage durch den Kopf gehen.

Peter sprang auf, kletterte über Bord, lief in den Flur und öffnete die Tür. Nach wenigen Sekunden stand er wieder im Wohnzimmer neben ihm - der Weihnachtsmann.

Niemand sagte ein Wort. Peter kletterte zurück zu seinem Vater ins Boot und flüsterte diesem ins Ohr: „Ich hab´ damit nichts zu tun!"

„Ho, ho, meine Lieben!", sprach der Weihnachtsmann mit ruhiger klarer Stimme.

"Wie ich sehe, hat die Bescherung schon begonnen. Ich wünsche euch allen ein frohes Weihnachtsfest! Von weit komme ich her und habe noch viel zu tun heute Abend. Nehmt hier einiges von meinem Gebäck als Proviant für eure Seereise."

Der Weihnachtsmann griff in seinen Jutesack und gab Peter eine Tüte voll mit Schokoladenherzen, die auf der Oberseite mit zarten Mandelsplittern bespickt waren. Peter sah in das Gesicht des Weihnachtmannes. Keine Bartstoppeln! Der Bart war echt und auch die Falten im Gesicht. Wenn es den Weihnachtsmann vielleicht doch gab, dann sah er genau so aus, dachte er. Der Weihnachtsmann lächelte, als würde er Peters Gedanken lesen können:

„Ja, Peter! Ich bin es", sagte er und fügte hinzu: „Habt eine gute Zeit. Bis nächstes Jahr!"

Dann verschwand er.

Peters Augen funkelten und mit voller Freude verteilte er die Leckereien im ganzen Boot.

Sein Opa hatte recht: Das waren die aufregendsten Weihnachten, die er je erlebt hatte.

Elefantachten

Kapitel 1

Die golden leuchtenden Herbstfarben im Oktober weckten Tayo schon früh auf. Tayo war das jüngste Elefantenkind im Hamburger Zoo. Der kleine Bulle schaute nach draußen und sah, wie die ersten Sonnenstrahlen des Tages langsam den Reif von den gepflasterten Wegen und Dächern des Tierparks tauten.

Seine Mutter hatte bereits Heu und Apfelstücke aus den Futterkrippen für das Frühstück besorgt. Schon seit Tagen beschäftigte Tayo eine Frage und jetzt wollte er seine Mutter um Antwort bitten. „Wo kommen wir eigentlich her? Wir waren doch nicht schon immer im Zoo, oder?" Seine Mutter lachte und erzählte von Afrika: „Viele Elefanten kommen von dort. Es ist dort immer warm und es leben dort Tausende von Elefanten." Tayo staunte: „Wow, das ist aber eine Menge!" fand er, denn er hatte noch nie mehr als die eine Herde in seinem Zoo gesehen. „Feiern die Elefanten in Afrika auch Weihnachten und bekommen Geschenke, so wie wir?" Er stellte sich vor, dass es bei so vielen Elefanten auch sehr viele Geschenke geben müsste. Aber seine Mutter sagte, dass man in Afrika Weihnachten anders feierte. Man würde sich verkleiden wie bei einem Faschingsfest. Dann würde man viel tanzen und singen. Manche Elefanten führten Weihnachtsgeschichten auf und am zweiten Weihnachtstag würde man Essen und Geschenke an die Armen verteilen.

Tayo fand Gefallen an den Erzählungen seiner Mutter über den fernen Kontinent. Tagelang malte er sich aus, wie es dort zur Weihnachtszeit zugehen würde, und er wünschte sich nichts sehnlicher, als eines Tages auch mal dort zu sein und Weihnachten zu feiern.

„Können wir dieses Jahr nach Afrika fahren und dort Weihnachten feiern?", fragte er seine Eltern. „Nein, das geht leider nicht", sagte seine Mutter. „Der Zoodirektor würde es nicht erlauben." Tayo gefiel diese Antwort nicht. Er war enttäuscht und traurig. Immer wieder musste er an Afrika denken und es überkam ihn schließlich eine große Neugier, der er nicht widerstehen konnte.

Eines Morgens stand er besonders früh auf. Seine Eltern schliefen noch. Auf ein Stück Papier schrieb er seinen Eltern einen kurzen Brief, dass er bald wiederkommen würde, nachdem er sich Afrika angesehen habe. Dann packte er sich einige Zweige, Äpfel und eine Trinkflasche in seinen Rucksack. Leise schlich er sich von der Herde weg und zwängte sich durch ein Loch im Zaun des Zoos ins Freie. Seine Reise nach Afrika hatte begonnen.

Kapitel 2

Tayo ging die lange Straße am Zaun des Zoos entlang, dann nach links, dann wieder nach rechts. Wenn er unsicher war, in welche Richtung er gehen sollte, fragte er die Vögel nach dem Weg. Schließlich erreichte er die Elbe. Er folgte dem Flusslauf und erreichte den Hamburger Hafen. Er staunte beim Anblick der vielen Schiffe. Neugierig las er die Namen am Bug der großen Frachtschiffe. Vielleicht klang einer afrikanisch und das Schiff würde ihn mitnehmen können? Ein Name fiel ihm besonders auf: die „Massai Waarusha". Das klang besonders afrikanisch, fand Tayo, und kletterte an Bord. Dort fragte er den Kapitän: „Nimmst Du mich mit nach Afrika?" Der kräftig gebaute Kapitän hatte einen sehr langen schwarzen

Bart, der vom Kinn bis zu seinem dicken Bauch reichte. Er atmete schwer und ruhig und musterte den kleinen Elefanten vom Rüssel bis zum Schwanz. „Du müsstest dir deine Überfahrt verdienen. Wenn du willst, kannst du als Bootsmann anheuern und unter Deck die Bäume stapeln und festzurren. Für deinen kräftigen Rüssel wäre das die perfekte Aufgabe. Wir haben Tannenbäume für Afrika geladen." Tayo willigte sofort ein. Bäume zu stapeln war kein Problem für ihn. Der Kapitän brachte ihn in eine kleine Kabine unter Deck und zeigte ihm anschließend den Laderaum. Sogleich half Tayo beim Beladen des Schiffes. Ein paar Stunden später löste das Schiff die Leinen und legte ab.

Kapitel 3

Die Tage auf dem Frachtschiff verliefen immer gleich. Tayo musste jeden Tag zweimal nachsehen, ob die Tannenbäume im Laderaum noch gut verstaut waren oder ob sie sich durch den Wellengang und das Schaukeln des Schiffes etwa aus der Befestigung gelöst hatten. Aber die Bäume waren gut festgebunden, und so gab es kaum etwas für ihn zu tun. Mal musste er in der Küche helfen oder das Deck schrubben. Von Zeit zu Zeit traf er den Kapitän an Deck und fragte, ob es noch weit sei bis nach Afrika. Doch der Kapitän sagte immer nur: „Die See und unser alter Pott bringen uns schon hin. Bald sind wir da. Hab´ Geduld, kleiner Elefant".

Eines Mittags stand Tayo an Deck und schaute auf die bewegte See. Eine scharfe Brise mischte das Meer auf und pustete um seinen Rüssel. Er fragte sich, wie es wohl seiner Mama und den anderen Elefanten im Zoo gehen würde. Zweimal war er schon beim Funker des Schiffes gewesen und hatte ein Telegramm an den Zoo geschickt, um mitzuteilen, dass es ihm gut gehe.

Plötzlich hörte das Rütteln des Dieselmotors unter seinen Füssen auf und es wurde still. Das Schiff wurde langsamer und schien dann nicht mehr voranzukommen. Einige Minuten später hörte er den Kapitän im Maschinenraum laut fluchen. „Verdammt, verdammt und nochmals verdammt! So ein Mist!" Tayo bemerkte, dass das Schiff abtrieb. Aufgeregt lief er zum Kapitän runter: „Was ist denn passiert?" wollte er wissen. „Der Motor ist kaputt. Wir können ihn nicht reparieren", erklärte dieser aufgewühlt. „Verdammt! Nur noch einen Tag hätte er halten müssen und wir wären in Afrika angekommen. Nun treiben wir ab! Wer weiß, wo wir landen!", klagte er.

Die Situation schien aussichtslos. Doch Tayo hatte sofort eine fantastische Idee. Immer wenn er an Deck stand und der Wind um seinen Rüssel pfiff, musste er seine großen Ohren gut an seinen Kopf pressen, damit der Wind nicht an ihnen hängen blieb. Doch nun würde genau das weiterhelfen.

„Wir *segeln* einfach weiter" rief er dem Kapitän begeistert zu. Der Kapitän war erstaunt. Noch bevor er etwas aus seinem Bart hervorbrachte, war Tayo wieder an Deck geklettert und streckte seine großen Ohren weit von sich. Der Wind drückte kräftig gegen sie - und das Schiff nahm langsam wieder Fahrt auf.

„Schau her! Es funktioniert! Ich habe Segelohren! Wo muss ich lang?" fragte Tayo begeistert. Mit allen Kräften musste er sich mit seinem Rüssel an den Aufbauten des Hauptdecks festhalten, um nicht vom Wind weggeblasen zu werden. „Bei Fortuna auf den sieben Weltmeeren", staunte der Kapitän. „Es funktioniert tatsächlich! Du bist der schlauste Elefant, den ich je gesehen habe. Halte dich mehr backbord und geh´ hart an den Wind. Afrika, wir kommen!" jubelte der Kapitän in den Wind.

Kapitel 4

Das Segeln war etwas mühsamer als gedacht. Das Schiff kam langsamer voran als geplant. Der Funker hatte zwischenzeitlich ein Telegramm von Tayos Familie aus dem Zoo erhalten, in dem sie ihm alles Gute wünschte und hofften, ihn bald mit vielen Geschichten aus Afrika wiederzusehen. Das motivierte Tayo noch mehr und unter Anleitung des Kapitäns segelte er das alte Schiff standfest und mit großer Freude dem Ziel entgegen.

Nach zwei langen Tagen kamen sie endlich in Afrika an. „Die Reparatur des Schiffes wird einige Tage dauern", prophezeite der Kapitän. „Du könntest dir in der Zeit das vorweihnachtliche Treiben hier ansehen", schlug er vor. Tayo sprang von Bord und nahm ein paar Weihnachtsbäume mit. Natürlich hatte er den Kapitän vorher gefragt.

Der kleine Elefant war begeistert. Er hatte noch nie so viele Elefanten gesehen. Problemlos gelang es ihm, mit einigen von ihnen ins Gespräch zu kommen. Alle waren schon in heller Vorfreude und erzählten, wie sie Weihnachten feiern würden. Einige von ihnen wollten wissen, wie das Leben im Zoo sei und wie man dort Weihnachten feierte. Abends saßen sie beim Lagerfeuer und Tayo erzählte von den vielen Plätzchen und dem Weihnachtsmann in Deutschland. Zu später Stunde kam der Kapitän dazu. „Hallo, mein großer kleiner Freund", scherzte er.

„Mein Schiff ist wieder startklar und ich möchte dir ein Geschenk machen. Schließlich hast du mir so sehr geholfen, als du das Schiff weitergesegelt hast. Ich fahre dich zum Dank, wohin du möchtest" bot er dem Elefanten an. Das war ein tolles Angebot! Tayos neue Freunde machten sofort viele Vorschläge: „Indien, da gibt es auch viele Elefanten!" rief einer aus der Runde. Ein anderer schlug Australien vor, ein Dritter meinte, dass China eine Reise wert sei.

Tayo drehte sich zum Kapitän und fragte: „Wie lange braucht das Schiff bis Hamburg zurück?" - „Eine Woche etwa, wir wären noch rechtzeitig am Heiligabend in Hamburg", versicherte er.

Tayo überlegte nicht lange. Er drehte sich zu den Elefanten am Lagerfeuer: „Ich freue mich sehr, euch alle kennengelernt zu haben, und es freut mich zu sehen, wir ihr das Weihnachtsfest vorbereitet. Doch Weihnachten ist zu Hause bei der Familie am schönsten. Morgen möchte ich mit dem Kapitän wieder nach Hause fahren." Der Kapitän nickte zustimmend. Am Lagerfeuer feierten sie alle noch bis in die späte Nacht und erzählten sich Weihnachtsgeschichten.

Ein Unfall zu Weihnachten

Kapitel 1

„Das müssen Sie doch verstehen!", forderte der Mann im roten Mantel. Ihm gegenüber stand ein Mechaniker mit gelber Schutzjacke, deren reflektierende Aufschrift „Pannenhilfe" im Takt der Warnblinkanlage aufleuchtete. Während er seinen Kragen hochzog, um sich vor dem kalten Wind zu schützen, starrte er ratlos auf den weihnachtlich dekorierten Kleinwagen, der gegen einen Schneeberg geprallt und dann stark beschädigt zum Stehen gekommen war. Die Front war eingedrückt und grüne Flüssigkeit tropfte unter dem Auto hervor.

Die diesige Abenddämmerung hatte bereits eingesetzt und legte sich langsam über die dicke Schneedecke, deren Stärke durch den einsetzenden Neuschnee stetig zunahm. Seit Tagen hatte der Schneeräumdienst die riesigen Mengen von Schnee und Eis nach dem Räumen abseits der Landstraße deponiert. Für den Abtransport blieb bei dem ständigen Neuschnee keine Zeit. Die Räumfahrzeuge kamen mit dem bloßen Wegschieben der Schneemassen kaum hinterher.

Der Mann im roten Mantel war von der vereisten Fahrbahn abgekommen, hatte einen Tannenbaum gestreift, sich mehrfach um die eigene Achse gedreht und war schließlich an einem aufgeschütteten Schneeberg hängengeblieben. Er hatte sich zwar sehr erschrocken, war aber nicht verletzt. Sichtlich angespannt drängte er weiter: „Mir darf heute kein Unfall passieren. Ich bin der Weihnachtsmann! Ich muss doch meine Geschenke ausliefern." Verzweifelt starrte er auf den Sack mit den Geschenken und fügte hinzu: „Ich habe nachher noch eine Familie unten im Ort auf meiner Liste. Die hat sich so sehr gewünscht, dass ich mit meinem Weihnachtsschlitten komme." Er zeigte auf sein ramponiertes Fahrzeug. „Sie verstehen das doch bestimmt! Können Sie den Wagen nicht reparieren? Sie müssen etwas tun!"

Ratlos sah der Pannenhelfer das wie ein Rentierschlitten bemalte Auto an. Es war jedoch offensichtlich, dass ein solcher Schaden nicht mal eben so repariert werden konnte. „Es tut mir leid, aber ich kann nichts weiter machen", stellte er fest. „Der Schaden ist einfach zu groß. Aber ich kann Sie abschleppen in meine Werkstatt unten im Dorf. Vielleicht finden wir dort eine Lösung", schlug er vor. Verzweifelt willigte der Weihnachtsmann ein und setzte sich in das rostige

Abschleppfahrzeug. Hier war es deutlich wärmer als auf der eisigen Straße. Helfen konnte er beim Aufladen ohnehin nicht und so wischte er einen kreisförmigen Bereich der beschlagenen Heckschreibe frei, um das Bergungsgeschehen zu beobachten.

Der Pannenhelfer befestigte das Abschleppseil am Weihnachtsmobil. Die elektrische Winde zog das beschädigte Gefährt langsam auf die Ladefläche des Transporters. Nach weiteren routinierten Handgriffen stand das lädierte Auto verzurrt auf der Ladefläche. Eine Träne rollte dem Weihnachtsmann über die Wange und versickerte langsam in seinem weißen Bart. Da stand nun sein Auto, an dem er so lange getüftelt hatte. Das mächtige Geweih auf der Motorhaube hatte sich aus der Verschraubung gelöst, die aufgemalten Schlittenkufen waren zerkratzt und kaum noch zu erkennen und die bunten Weihnachtssterne wurden langsam vom herabfallenden Schnee bedeckt. Der Mann vom Abschleppdienst hatte neben ihm Platz genommen. Das Aufheulen des starken Dieselmotors riss den Weihnachtsmann aus seinen Gedanken. Der Transporter machte sich auf den Weg ins Dorf zur Werkstatt.

Kapitel 2

Paul und Erwin saßen am kantigen Ecktisch ihrer Stammkneipe. Die beiden Junggesellen freuten sich nach dem guten Essen in ihrem Stammlokal darauf, mal wieder so richtig einen zu heben. Das war ihnen lieber, als die Feiertage bei Verwandten zu verbringen. Wie jedes Jahr am Heiligen Abend hatten sie wieder zusammen Gänsekeule mit Rotkohl und Knödeln verspeist, das traditionelle Essen des Gasthofes an diesem besonderen Tag. Jetzt sollte der Nachtisch folgen: Ein weiteres großes, kühles Bier und vor allem ein kräftiger Schnaps. Aus ihrer Sicht die beste Belohnung für harte Arbeit. Denn die hatten sie bei unzähligen Gelegenheitsjobs zur Genüge. Mal arbeiteten sie beim örtlichen Paketdienst, mal in der Dorfwerkstatt und zeitweise auch als Handwerker. Überall wo man kräftige Kerle zum Anpacken gebrauchen konnte, waren die zwei gefragt. Im Laufe der Jahre hatte sich daraus eine echte Männerfreundschaft entwickelt, die mit einem guten Essen, viel Bier und Schnaps jedes Jahr neu besiegelt wurde. Paul legte die Hände auf seinen wohlgenährten Bauch. Erwin hingegen war schlank, fast drahtig. Seine Wangen und die Nase glühten noch rot von der Kälte draußen und als er sich jetzt wieder setzte, brachte er eine kalte Nikotinwolke und zwei frisch gezapfte Biere mit. Gerade prosteten die beiden sich zu, als Pauls Handy vibrierte und der laute Klingelton ihr Ritual unterbrach.

„Was soll das denn nun? Wer kann das sein?", fragte er überrascht. Seine wurstigen Finger quälten sich in die enge Hosentasche und zogen das winzig wirkende Gerät hervor, das standhaft seine Melodie wiederholte. In schwarzen Buchstaben zeigte das Display den Namen „Pit" an. „Der Chef", stöhnte Paul genervt und drückte die Annahmetaste.

Kapitel 3

Pit legte den ölverschmierten Hörer auf sein altmodisches Werkstatttelefon und öffnete den Reißverschluss seiner gelben Servicejacke. Dann drehte er sich zum Weihnachtsmann um: „Sie haben es ja gehört. Es war nicht so einfach, aber meine Mitarbeiter sind bereit, uns nach dem Essen zu helfen. In einer guten Stunde können wir mit ihnen rechnen. Wir suchen am besten schon mal alles Nötige zusammen und fangen an." Dem Weihnachtsmann fiel ein Stein vom Herzen. Am liebsten hätte er den gelben Mann dreimal für seinen genialen Einfall und großartige Hilfsbereitschaft umarmt. Dabei war seine Idee simpel: Auf der Rückfahrt hatte er vorgeschlagen, in die Werkstatt zu fahren und einfach einen neuen Schlitten aus den Autoteilen und den anderen Werkstattutensilien zu bauen. Genug Schnee lag überall für einen Schlitten und die letzte Familie wohnte nicht allzu weit weg von der Werkstatt.

Während der Weihnachtsmann die Geschenke aus dem defekten Weihnachtsmobil auslud und sich die eine oder andere Dekorationsidee für sein neues Gefährt überlegte, sammelte Pit Werkzeuge, Schweißgerät und eine Reihe unterschiedlicher Schrottteile aus seiner Werkstatt zusammen. Behände schweißte er Stahlschienen als Kufen unter ein Stahlblech und montierte einen alten Autositz auf das Blech. Schnell war auch eine Zugvorrichtung hergestellt und das Geweih sowie ein Haltegitter um den Sitz montiert. Der Mann im roten Anzug holte etwas Tannenschmuck, bunte Geschenkbänder und eine Lichterkette aus dem Auto. Feierlich hängte er es an das neue

Gefährt. Nach einer Stunde waren sie schließlich fertig und starrten zufrieden auf den sehr weihnachtlich wirkenden Schlitten. „Toll! Das ist der Wahnsinn", jubelte der Weihnachtsmann begeistert. Doch nach dem ersten Ausbruch der Freude wurde ihm klar, dass etwas fehlte. Sein Gesicht legte sich in Falten und wurde nachdenklich. „Wie kommt denn der Schlitten voran, wenn ich oben drauf sitze?" fragte er vorsichtig. „Wir haben ja noch gar keinen Motor?". Doch Pit schien bereits eine Lösung zu haben. Er holte eine braune Decke aus dem Regal, schnitt mit der Schere zwei Löcher hinein und stellte vier alte Arbeitsstiefel daneben. Aus dem Stahlschrank in der Ecke nahm er zwei Farbsprühdosen und verpasste den Stiefeln ein neues Aussehen. Im Handumdrehen sahen diese aus wie die Schenkel eines Rentieres.

In diesem Augenblick taumelten Paul und Erwin durch die Tür. Sie hatten sich offenbar einen ausgiebigen Nachtisch gegönnt und Pit kamen ernste Zweifel, ob die Herren noch imstande waren, die nun anstehende Aufgabe zu meistern. Aber sie mussten es versuchen …

Kapitel 4

Im Nachhinein konnte niemand sagen, wie oft der Weihnachtsmann „weiter links" oder „weiter rechts" gerufen hatte. An den Spuren im Schnee war ein scharfkantiges Zickzackmuster zu erkennen.

Paul hatte große Mühe, durch die Löcher in der Decke überhaupt irgendetwas zu sehen. Erwin war so müde vom vielen Bier, dass er sich mit den Händen mühsam auf Pauls Rücken festhielt und dabei auch noch mit dem Einschlafen kämpfte. So bekam er auch nicht mit, dass das Gespann bei heftigem Schneetreiben vor einem weihnachtlich beleuchteten Einfamilienhaus hielt und der Weihnachtsmann seine Geschenke feierlich übergab.

Durch die Fenster starrten große Kinderaugen auf den festlich dekorierten Schlitten. Dieser leuchtete in warmen Farben und das mächtige Geweih des Rentieres war mit weißem Puderschnee bedeckt. Aus der Ferne glaubten sie Stimmen zu hören, als ob das Rentier sprach.

Noch lange schauten sie dem festlichen Schlitten auf seinem geschlängelten Kurs durch die Nacht hinterher bis er schließlich in der Dunkelheit verschwand.

Bescherung ohne Papa

Wenn Papa oder Mama mich anzischten „Ich kann jetzt nicht!", oder „Warte mal einen Augenblick!", dann waren sie meistens mit einem ihrer bedeutenden Geschäftstelefonate beschäftigt. Oder sie besprachen ein wichtiges Problem, das sofort an Ort und Stelle ausdiskutiert werden musste, weil es keinen weiteren Aufschub duldete. Dann durfte ich auf keinen Fall stören. Eine solche Situation war vor einer halben Stunde eingetreten: Sie standen in der Küche und spekulierten, wo bloß der Weihnachtsmann bliebe, den sie für uns bestellt hatten.

Obwohl ich genau wusste, wo er war und sich die Diskussion erübrigt hätte, hatte ich von meiner gestressten Mutter soeben die allzu bekannten Worte vernommen. Ich wurde aufgefordert, jetzt nicht zu stören und solle gefälligst Geduld haben. Auch ich war an diesem Abend natürlich aufgeregt, glaubte aber dennoch, im Vergleich zu ihnen mit meinen acht Jahren eher gelassen zu sein. Schließlich hatte ich zufällig beobachtet, wie der Weihnachtsmann das Toilettenhäuschen auf der Baustelle unseres Nachbargrundstücks betrat und dort nun schon einige Zeit verweilte. Eigentlich müsste er bald wieder herauskommen und die Bescherung könnte beginnen. Andererseits dauerte es auffallend lange.

Da mir klar war, dass meine Eltern keine Einmischung in ihr Gespräch dulden würden, beschloss ich, ein mutiges Mädchen zu sein und der Sache auf den Grund zu gehen. Ich schlüpfte in meine Winterstiefel, nahm meinen Mantel und rief meinen Eltern zu, dass ich kurz im Garten sei, um frische Luft zu schnappen und mich zu beruhigen. Das nahmen sie verständnisvoll auf. Wie immer rief mir meine Mutter noch die üblichen Phrasen aus der Küche zu. Das heißt, sie ermahnte mich, mich warm anzuziehen, nur auf dem Grundstück zu bleiben und bald wiederzukommen, da die Bescherung sicherlich bald stattfinden würde.

Als ich sicher war, dass sie mich, in ihre Diskussion vertieft, vom Küchenfenster aus nicht beobachteten, öffnete ich die Gartenpforte und war mit nur wenigen Schritten an dem blauen Toilettenhäuschen der Bauarbeiter. „Hallo! Bist du da drinnen?", fragte ich. Eine tiefe, männliche Stimme antwortete prompt: „Oh, Gott sei Dank! Wer ist da?"

„Hier ist Tina", antwortete ich.

„Das ist prima, zu dir wollte ich eigentlich gerade, aber ich brauche dringend Klopapier. Hier drinnen ist keines mehr. Kannst Du mir welches bringen?"

Das war also der Grund, warum er nicht zu uns hineinkommen konnte. Er brauchte Klopapier! Ich überlegte kurz und versicherte ihm: „Ja, ich kann dir etwas von drinnen holen. Wir haben ganz tolles Klopapier. Es ist weiß und mit lustigen Weihnachtsmannmotiven bedruckt. Wenn du kurz wartest, bringe ich dir welches."

Der Weihnachtsmann lachte kurz. Natürlich würde er warten, was blieb ihm auch anderes übrig? Schnell war ich wieder im Haus und wollte eine Rolle aus dem Gäste-WC holen, doch auch da war nichts - der Klopapierrollenhalter war leer.

Meine letzte Chance schien das Badezimmer im Obergeschoss, dort gäbe es bestimmt noch etwas. Schnell lief ich an der Küche vorbei nach oben. Meine Eltern sprachen mittlerweile hektisch ins Telefon, mit eingeschaltetem Lautsprecher. Gerade versuchte ein Mitarbeiter der Weihnachtsmannagentur, sie zu beruhigen und kündigte an, dass sich alles kurzfristig aufklären würde.

Ich hatte Glück und nahm die vierlagige Designerrolle vom Halter, eilte damit nach unten, huschte wieder an der Küche vorbei und war im Handumdrehen am Toilettenhäuschen. Quietschend schob der Weihnachtsmann den Riegel der Tür auf, streckte seine Hand durch einen schmalen Spalt und nahm das Klopapier dankend entgegen.

„Tina! Du hast mich gerettet. Ich danke dir sehr! Nun lauf´ schnell rein. Ich bin gleich bei euch!"

Stolz, den Weihnachtsmann gerettet zu haben, lief ich heim. An der Tür stand schon meine Mutter, die mich hineinrufen wollte. Man hatte ihr versichert, dass es nun nicht mehr lange dauern werde. „Ich weiß. Das dachte ich mir schon", entgegnete ich, ohne mein kleines Geheimnis zu verraten. Schon klingelte es an der Haustür.

„Geh schnell und hol Papa, der ist noch mal eben oben auf der Toilette", bat mich meine Mutter. Ich rannte die Treppe halb hoch und rief in Richtung Badezimmer: „Papa! Bescherung! Kommst Du? Der Weihnachtsmann ist da". Mein Vater antwortete hektisch: „Ich kann jetzt nicht! Warte einen Augenblick". Da ich wusste, was das hieß, lief ich schnell ins Wohnzimmer und schloss die Tür hinter mir. Mein Vater wollte jetzt nicht gestört werden.

Meiner Mutter war es sehr peinlich, als Vater immer noch nicht erschien, nachdem der Weihnachtsmann alle Geschenke aus seinem Sack geholt hatte und ankündigte, jetzt zur nächsten Familie zu müssen. Sie öffnete die Tür und verlangte nach ihm. Erst jetzt erfuhren wir, dass er schon mehrfach nach uns gerufen hatte, wir aber durch die verschlossene Tür nichts hören konnten. Er säße auf der Toilette und hätte kein Klopapier mehr. Der Weihnachtsmann grinste mich und meine Mutter verständnisvoll an. „Ich muss jetzt wirklich schnell weiter, aber für den Papa habe ich hier noch ein ganz besonderes Geschenk. Ich wünsche allen frohe Weihnachten."

Damit holte er die Rolle Toilettenpier, die ich ihm gebracht hatte, aus seiner Tasche, und legte sie zu den restlichen Geschenken. Dann verließ er unser Haus.

Ein Paket ohne Absender

Obwohl auf dem Paket kein Absender zu finden war, freute sich Anna sehr darüber, dass an Weihnachten jemand an sie dachte. Als sie das Päckchen öffnete, erstarrte sie jedoch. Im Inneren des Päckchens befand sich der Ehering ihres Mannes Paul. Daran gab es keinen Zweifel. „In Liebe Anna und Paul" lautete die Inschrift. Aber wie war das möglich?

Sie hatte doch alles genau durchgeplant. Schockiert sank sie in ihren Ledersessel. Dass jemand ihren Mann entdeckt hatte, war unmöglich, denn nur sie wusste, wo seine Leiche verscharrt war. Sie allein hatte ihn unmittelbar nach dem Finanzskandal in seinem Unternehmen kurz vor den Weihnachtstagen umgebracht und im Anschluss als vermisst gemeldet. Das war genau ein Jahr her.

Gemeinsam hatten sie den Finanzcoup ausgetüftelt. Nachdem er das Geld unbemerkt aus dem Unternehmen geschmuggelt hatte, verkündete er die Pleite, während Anna das Geld in unauffälligen Anlagen versteckte. Damals war das die Gelegenheit, ihre fundierten Wirtschaftskenntnisse zum Einsatz zu bringen, die sie bereits vor der Ehe mit Paul besessen, aber noch nie derart nutzbringend angewandt hatte. Sie sollte nicht arbeiten, er war dagegen. Es war generell so, dass er die meisten Entscheidungen traf. Ohne sein Okay durfte sie nichts tun. Er verdiente mehr als sie, aber lebte auch ein frivoles Leben. Das meiste Geld verschleuderte er während nächtlicher Besuche in Spielcasinos, Kneipen und Freudenhäusern.

Anna erreichte schließlich einen Punkt, an dem sie ihn nicht länger Nacht für Nacht ertragen konnte, wenn er angetrunken zur Tür hereinkam und eine seiner Bekanntschaften erneut ein Souvenir in Form eines roten Kussmundes auf seinem Hemdkragen hinterlassen hatte. An dem Tag, als er sich auf der Arbeit verspekulierte, war Holland in Not. Ihm kam die Idee, Gelder seiner Kunden auf sein Privatkonto zu schleusen. „An Weihnachten sind wir reiche Leute", verkündete er optimistisch und mit einem satten Maß an Selbstüberschätzung. Doch wo versteckte man das Geld am besten? Wo könnte man es unauffällig unterbringen? Da durfte sie plötzlich doch mitreden. Sie machte ihm weis, dass alles sicher geregelt sei und dass er reich werden würde. Ihr Plan stand jedoch fest.

Sobald ihr Mann in der Firma aufzufliegen drohte und sie das Geld an einen sicheren Ort geschafft hatte, war der Zeitpunkt gekommen, alle Hinweise auf ihre Person zu verwischen und es so darzustellen, als wäre ihr Mann der alleinige Kriminelle. Danach brachte sie ihn um und zwar so, wie sie es sich schon lange ausgemalt hatte! Mit giftigen Pflanzen, die er in seinem eigenen Garten angebaut hatte.

Der Mord geschah an einem dieser Abende, an denen er wieder derart betrunken war, dass er kaum etwas mitbekam. Sie war fast erstaunt darüber, dass die Tat eigentlich ganz leicht gewesen war.

Den Transport ausgenommen. Mitten im Wald, bergaufwärts an einer Felsquelle, sollte er für immer ruhen – hier hatte er einst um ihre Hand angehalten. Es war ein sehr entlegenes, ruhiges Plätzchen. Es hatte sie einiges an Kraft gekostet, seine Leiche in den Geländewagen zu schleppen und im Anschluss ein tiefes Loch für ihn zu buddeln. Die Erde war kalt, aber gefroren hatte es noch nicht. Der Gedanke, schon bald ein selbstbestimmtes Leben zu genießen, motivierte sie ungemein. Bereits eine Woche später war das Grab ihres Mannes vom ersten Bodenfrost versiegelt. Auch die Polizei machte ihr keine Probleme. Offensichtlich hatte ihr Mann die Kundenkonten geräubert und sie anschließend allein zurückgelassen. Alles, was sie noch tun musste, war, in die Rolle der trauernden Ehefrau zu schlüpfen. Monatelang versuchte man, ihren Mann mithilfe von Interpol ausfindig zu machen, doch letzten Endes legte man den Fall zu den Akten. Von da an wollte sie ihr Leben endlich genießen.

Aber jetzt lag unerwarteterweise ihr Ehering vor ihr, wie ein Gruß aus der Unterwelt. Gerade so, als wolle ihr Mann ihr zu Weihnachten etwas ausrichten. Eine Aufmerksamkeit aus der Welt der Toten? Sie wurde zunehmend unruhig. Wie sicher konnte sie sein, dass ihr Mann wirklich tot war? Hätte sie vielleicht mehr Gift nehmen oder ein tieferes Loch graben sollen? „So ein Unsinn!" versuchte sie sich zu beruhigen. „Das Loch ist fast zwei Meter tief, da kommt niemand wieder hoch, auch nicht mein Mann", sprach sie zu sich selbst. Und wenn ihn jemand gefunden hatte? Wäre es möglich, dass man ihren Mann noch erkennen konnte? War das Paket vielleicht der Auftakt eines Erpressungsversuchs?

Auf alle diese Fragen suchte sie eine Antwort. Doch kaum hatte sie eine Antwort gefunden, kam ihr schon die nächste Frage in den Sinn. Sie hatte keine Wahl. Es gab nur einen Weg, an verlässliche Antworten zu gelangen. Der Wald. Sie musste zurück. Zurück an den

Ort, an dem sie ihren Mann unter die Erde gebracht hatte.

Das Wetter war relativ mild für diese Jahreszeit, sodass sie den Leichnam noch ohne größere Probleme ausgraben könnte. Sie hielt es zudem für unwahrscheinlich, dass sich so kurz vor Weihnachten jemand an diesen Ort verirren und sie beobachten würde. Von daher war es ein guter Zeitpunkt.

Das Umziehen dauerte nur wenige Minuten. Sie packte Spaten und Taschenlampe ein und startete den Geländewagen. Dann fuhr sie hoch in den Wald. Als sie ankam, dämmerte es bereits. Sie hatte ganz weiche Knie. „So fühlt es sich also an, wenn man an den Ort des Verbrechens zurückkehrt", dachte sie bei sich und ging entschlossen auf die bekannte Stelle zu. Dort angekommen, schaute sie sich vorsichtig in alle Richtungen um, um sicher zu gehen, dass ihr niemand gefolgt und sie allein war.

Getrieben von Angst, Unsicherheit und Neugier grub sie sich Stück für Stück in die feuchte Erde. Worauf würde sie am Ende stoßen? Könnte sie den Anblick des Leichnams ihres Mannes ertragen? Oder war da vielleicht gar nichts? Wie weit musste sie wohl noch graben? Schon bald würde sie eine Antwort auf all ihre Fragen finden und mit der Gewissheit würde sich hoffentlich wieder eine wohlige Ruhe in ihr ausbreiten.

Es dauerte allerdings beinah zwei Stunden, bis der Spaten auf etwas stieß. Ihr Mann war wohl immer noch da. Eilig grub sie mit bloßen Händen weiter, die sich heftig und maschinenartig in den Boden bohrten. Mit der Taschenlampe zwischen den Zähnen fing sie an, den oberen Teil seines Körpers freizulegen. Beim Anblick seines Kopfes stellte sie fest, dass die Verwesung noch nicht so weit fortgeschritten war, wie anfangs von ihr erwartet. Es war eindeutig, dass es sich bei diesem Leichnam um den ihres Mannes handelte. Ihre Hände waren aufgeschürft und ihr Körper zitterte vor Erschöpfung. Sie war schweißgebadet. Zielstrebig legte sie auch Pauls rechten Arm und die Hand frei. Die Haut war nur noch teilweise vorhanden. Ein ein beißender Geruch breitete sich aus. Sie überwand allen Ekel, alle Beklemmung und zwang sich unter großer Anstrengung weiter zu graben. Kurz darauf stockte ihr erneut der Atem.

Da war er! Der Ehering! Er befand sich nach wie vor am Ringfinger. Im selben Moment vernahm sie das Knacken von Ästen und das Geräusch von Schritten hinter ihr. Hektisch versuchte sie aus dem Loch zu klettern und blickte direkt in das grelle Licht einer Taschenlampe.

„Inspektor Hübner hier", hörte sie eine vertraute Stimme sagen. Er streckte ihr seine Hand entgegen. „Es tut mir leid", fuhr er fort, „aber ich hatte Sie von Anfang an in Verdacht. Ich konnte aber nicht nachweisen, dass Sie für den Tod Ihres Mannes verantwortlich sind, aus Mangel an Beweisen. Aber dann hatte ich die Idee, ein Duplikat Ihres Eheringes herstellen zu lassen. Es hat eine Weile gedauert bis wir den Juwelier ausfindig machen konnten, bei dem Sie damals den Ring in Auftrag gaben. Er erinnerte sich noch an die Innenschrift…

Die fünfte Jahreszeit

Es war schon sehr spät und im ganzen Haus war nächtliche Ruhe eingezogen. Sophie hatte gewartet, bis ihre Eltern eingeschlafen waren. Nun war es endlich an der Zeit, einige Dinge zu klären. Sie schaltete die kleine Leselampe an ihrem Bett ein, horchte nochmals in die Stille des Hauses, um sicherzugehen, dass ihre Eltern tief und fest schliefen.

Es war der Abend des ersten Advents. Draußen fegte seit Tagen ein starker Sturm mit viel zu warmem Regen durch die Straßen. Die Menschen im Dorf hofften endlich auf kühlere Temperaturen mit weniger Wind, damit sich ihr Wunsch nach einer weißen Weihnacht´ erfüllen könnte. Die meisten Wunschzettel an den Weihnachtsmann waren bereits geschrieben. Erste Weihnachtseinkäufe waren erledigt, obwohl bei dem Wetter kaum jemandem weihnachtlich zumute war. Der Weihnachtsmarkt war immer noch nicht aufgebaut, weil der Marktplatz vom Regen komplett überschwemmt war. Sophie empfand keine weihnachtliche Vorfreude, die doch spätestens die fünfte Jahreszeit mit dem Entflammen der ersten Adventskerze entfachen sollte. Würde Weihnachten in diesem Jahr überhaupt stattfinden?

Sie setzte sich in ihrem Bett auf, holte tief Luft und atmete dann langsam wieder aus. Dabei umklammerte sie fest ihren kleinen Stoffbären Björn. Er musste ihr jetzt zur Seite stehen. Oft schon hatte sie Björn in den Arm genommen und ihm seinen Trost abverlangt. Wie auch im letzten Winter, als es keinen Schnee gab, oder es im Frühling plötzlich eiskalt wurde, viele Pflanzen erfroren und keine Blüten trugen. Der Sommer war unerträglich heiß und so trocken gewesen, dass der Fluss hinterm Haus nahezu ausgetrocknet war.

Die Herbststürme hatten der Ernte stark zugesetzt und zerrten jedem Abend unermüdlich an den Mauern des Hauses. Sophie befürchtete, es könnte einstürzen. Doch mit Björn an ihrer Seite fühlte sie sich sicher und beschützt.

Doch jetzt sorgte sie sich, dass der stürmische Dauerregen alle schönen Erwartungen für die Feiertage wegspülen könnte. Es reichte ihr. Sie wollte endlich wieder ein schönes Weihnachtsfest haben. Entschlossen ergriff sie Björn und stellte sich in die Mitte ihres

Zimmers. Jetzt würde sich zeigen, ob alle ihrer Einladung gefolgt waren, die sie vor vier Wochen in einem heimlichen Beschwörungsritual in den Herbstwind gebrüllt hatte. Er sollte ihre Botschaft überbringen und die Monate herbeitragen. Alle, die ihr wichtig erschienen und die alles wieder geradebiegen sollten, damit es doch noch ein gutes Weihnachtsfest werden könnte.

„Also ich bin da! Wo seid ihr?" fragte sie und ließ ihren Blick suchend durch ihr Zimmer streifen. Einige Sekunden vergingen, dann kamen die Ersten zögerlich aus ihren Verstecken hervor.

Es dauerte eine Weile, bis sich alle aus ihren Verstecken herausgewagt hatten. Doch dann standen sie im Halbkreis um Sophie.

Gleich links neben ihr der Januar, gefolgt vom Februar und März. April und Mai stritten sich darum, wer nach dem März kommen sollte, schließlich hatte der Mai doch das Aprilwetter in diesem Jahr gebracht und beanspruchte für sich den Aprilplatz, den dieser jedoch nicht hergeben wollte. Doch als auch die hitzigen Sommermonate ihre gewohnten Positionen eingenommen hatten, gab der Mai nach und stellte sich in althergebrachter Weise zwischen April und Juni.

Auch die trüben Herbstmonate fanden schließlich ihre Plätze in der bekannten Reihenfolge. Alle waren gekommen - bis auf den Dezember.

„Was ist eigentlich mit euch los? Erklärt mir doch bitte, warum das so ein mieses Jahr war", eröffnete Sophie die Runde und schaute der Reihe nach alle eindringlich an. „Bisher war alles immer so schön. Ich konnte mich auf das Frühjahr freuen, der Sommer war warm und der Herbst mild mit buntem Laub. Im Winter gab es große Schneeflocken und vor allem eine schöne Weihnachtszeit mit einem wundervollen Weihnachtsmarkt. Was ist bitte los?"

Kaum hatte sie zu Ende gesprochen, entstand ein Stimmengewirr aus gegenseitigen Vorwürfen. Der sonst so frohsinnige Mai meinte mürrisch, dass er keine Schuld habe, schließlich sei der launische April viel zu frostig gewesen. Dieser schimpfte laut auf die müde dreinblickenden Wintermonate. Die waren schließlich zu warm - und irgendjemand müsse ja für Kälte sorgen. Das gefiel den heißen Sommermonaten überhaupt nicht. Sie wollten von Kälte nichts hören. Schließlich müsse es nicht kalt sein. Die Menschen liebten den Sommer und sie seien doch froh, endlich mal so richtig viel Sonne genießen zu können. Wenn es zu trocken sei, könnte es auch in den Herbstmonaten mehr regnen. Am Sommer liege es jedenfalls nicht. Diesen Vorwurf ließen sich die Herbstmonate nicht bieten. Sie konterten, dass sie sowieso immer nur das aufräumen müssten, was der Sommer ihnen übrigließe und regnen würde es schon genug im Herbst. Der Streit eskalierte und die gegenseitigen Vorwürfe wurden immer heftiger. Sophie verlor in dem Wortgefecht den Überblick. In Ihrem Kopf dröhnte es. Entnervt schrie sie: „RUHE!".

Alle verstummten und schauten sie fragend an. Dann erst bemerkte sie, dass einer fehlte: „Und warum fehlt der Dezember?"

Die Monate schauten sich fragend an, stellten sich in Jahreszeiten zusammen und flüsterten miteinander. Schließlich wurde es wieder still und alle zuckten mit den Schultern. Der Januar ergriff das Wort: „Wir wollten, dass der Dezember mit uns zusammen herkommt, weil er doch auch ein Wintermonat ist. Aber er wollte nicht. Daher sind wir ohne ihn gekommen."

Kaum hatte der Januar zu Ende gesprochen, wurde plötzlich das Fenster von einem eisigen Windstoß sperrangelweit aufgeschlagen und der Dezember kam hereingestapft. Er schüttelte den Regen ab, stellte seinen schweren Koffer auf den Boden des Kinderzimmers und drückte das kleine Fenster hinter sich fest zu.

Alle starrten ihn an. Er sah erschöpft und niedergeschlagen aus. Es wurde still im Kinderzimmer.

Sophie ging auf ihn zu und sprach ihn zögernd an: "Da bist du ja endlich, wir haben schon so sehr auf dich gewartet! Aber geht es dir nicht gut? Was ist los mit dir? Du siehst so traurig aus?"

Der Dezember blickte in die Runde seiner alten Jahreszeitenfreunde. Keiner sagte etwas, bis er selbst schließlich das Schweigen brach: „Es liegt nicht an euch allein", sagte er und öffnete seinen Koffer. Es kamen weiße Schneesäcke zum Vorschein, leuchtender Weihnachtsschmuck, ein Nikolaus mit hängenden Mundwinkeln und ein Weihnachtsmann, der auf einem Sessel saß und die Beine auf einem Hocker hochgelegt hatte. Seine Stiefel standen neben ihm. Er schlief tief und fest. Die Kufen seines Schlittens waren verrostet und seine Rentiere schauten gelangweilt in die Runde.

„Seht her", sagte er und verteilte den Inhalt des Koffers vorsichtig in der Mitte des Halbkreises, um den alle standen. „Das ist alles, was von unserer fünften

Jahreszeit übrig ist. Nikolaus und Weihnachtsmann wollen nicht mehr. Sie glauben, die Menschen brauchen keine Jahreszeiten mehr. Die Menschen bringen uns alle durcheinander. Sie verpesten die Meere, versprühen Pestizide auf die Felder, fahren mit stinkenden Autos über das Land und das Schlimmste: Jeder denkt nur noch an sich! Hie und da gibt es zwar immer noch einige wenige herzliche Menschen, aber im Großen und Ganzen kommen wir alle doch so durcheinander, dass wir nicht mehr miteinander harmonieren, wie es früher einmal geschah. Ich glaube auch, die Menschen brauchen uns nicht mehr."

Alle Monate schauten betreten auf den Boden. Der Dezember hatte Recht. Genau das hatten sie im letzten Jahr gefühlt und hatten sich daher so schlecht benommen. Selbst der Wonnemonat Mai blickte traurig drein.

Alle standen nachdenklich da, ohne etwas zu sagen. Langsam packte der Dezember alles, was zur fünften Jahreszeit gehörte, wieder ein.

Plötzlich zog Björn an Sophies Hand. Er deutete an, dass er ihr etwas sagen wollte. Sie hob ihn hoch auf den Arm, damit er ihr etwas ins Ohr flüstern konnte. Dann breitete sich ein Lächeln auf ihrem Gesicht aus.

Im selben Augenblick, als der Dezember seinen Koffer zuschlug, stampfte sie mit ihrem Bein kräftig auf. „Nein!", sagte sie entschieden. Alle blickten auf sie. „Solange es noch Menschen gibt, die ein mitfühlendes Herz haben, die sich lieben, die zuhören, die Nächstenliebe geben und die einsichtig sind, dürfen wir nicht aufgeben!

Wir alle sind jetzt hier und können etwas tun." Sie nahm dem Dezember den Koffer aus der Hand und öffnete ihn wieder. „So, Weihnachtsmann, aufwachen! Du verpasst Weihnachten! Spann deine Rentiere an! Hey, Nikolaus, es wird Zeit! Dieses Jahr bekommt jeder ein Geschenk, das ihm zeigt, wie schön die Jahreszeiten und die Natur sind. Frische Nüsse, Schneekugeln, eine duftende Blume, eine Brise frisches Meer oder ein leuchtendes Herbstblatt. Wir klären die Leute auf! Wir sagen ihnen, wie schön es ist dem anderen etwas Gutes zu tun." Die Wörter sprudelten nur so über ihre Lippen vor Begeisterung und es entstand eine Art magischer Moment, der alle berührte. April und Mai umarmten sich. Der Dezember riss das Fenster auf und streute die Schneesäcke in die Nachtluft. Draußen wurde es kälter und aus dem Regen wurde leichter Pulverschnee. Alle waren sich einig! Sie würden sich im nächsten Jahr Mühe geben, das schönste Jahr zu gestalten, das es je gab.

Aber etwas war noch wichtiger. Dieses Weihnachten sollte so schön sein, dass es alle Herzen erwärmte. Die fünfte Jahreszeit würde sich von der besten Seite zeigen und den Menschen neue Hoffnung geben.

Mit einem strahlenden Lächeln und viel Zuversicht verließen die Monate das geheime Treffen.

Sophie schloss das Fenster und schaute den Monaten noch einen Augenblick hinterher, wie sie vom Wind getragen, in der verschneiten Nacht verschwanden. Dann kroch sie mit Björn erleichtert in ihr Kinderbett. Sie fühlte sich erschöpft und müde. Nach wenigen Augenblicken war sie eingeschlafen.

„Sophie, wach auf! Hast du gut geschlafen und schön geträumt? Was sind das für feuchte Flecken auf der Fensterbank und hier am Boden? Ist ja seltsam! Hattest du das Fenster heute Nacht auf?" fragte Sophies Mutter und sagte lächelnd: „Sieh´ mal, wie schön es draußen geschneit hat."

Sophie strahlte vor Freude. Ja, sie hatte gut geschlafen und sehr gut geträumt. Doch das Schönste war: Sie wusste, es würde ein schönes Fest werden und ein gutes neues Jahr!

Angst vor dem Weihnachtsmann

Kapitel 1

Auf meinen Geburtstag fieberte ich jedes Jahr hin. Klar, welcher kleine Junge freut sich nicht darauf, Geschenke zu bekommen! Und Geschenke gibt es nun einmal nur zum Geburtstag. Und natürlich zu Weihnachten. Doch mit Weihnachten hatte ich stets ein Problem: Ich fürchtete mich vor den Weihnachtsmann.

Meinen Vater sah ich viel zu selten. Selbst an meinen Geburtstagen kam er nur für ein kurzes Treffen vorbei. Dann saßen wir zusammen in dem neuen Café am Rand unserer Hochhaussiedlung, das kurz vor der Scheidung meiner Eltern eröffnet hatte. Ich wünschte mir nichts sehnlicher, als meinen Vater noch immer jeden Tag für mich zu haben – aber es sei einfach nicht mehr gegangen zwischen ihm und meiner Mutter, hatte er mir einmal erzählt.

Seit zwei Jahren hatte er eine neue Frau. Da sie Kinder hasste – und somit auch mich –, trafen mein Vater und ich uns bevorzugt auf neutralem Boden.

Wenn wir uns sahen, war er stets an dem interessiert, was mich momentan beschäftigte: Schule, Hobby und Freunde. Manchmal unternahmen wir auch etwas zusammen. Dann gingen wir zum Beispiel ins Kino oder besuchten einen Freizeitpark. Diese Tage waren für mich immer etwas ganz Besonderes. Und so konnte ich mich eigentlich doch ganz glücklich schätzen. Einige meiner Klassenkameraden sahen ihre Väter nie und wenn doch, dann bekamen sie Prügel von ihnen. Ihre Väter tranken übermäßig viel, hatten Ärger mit den Ämtern oder Beziehungsstress.

Laura zum Beispiel hatte ihren Vater nie gesehen und ihre Mutter sagte, dass sie ihm den Schädel einschlagen würde, sollte er sich jemals wieder bei ihr blicken lassen. Ben wiederum hätte seinen Vater zwar jederzeit sehen können, aber er konnte ihm einfach nicht in die dunklen, bösen Augen schauen, wie er mir erzählte. Daher hatte ich es wohl alles in allem doch recht gut getroffen. Ich liebte meinen Vater und seine braungrünen Augen, die funkelten, wenn die Sonne hineinschien. Hätte man die kleinen braunen Punkte in seiner grünen Iris mit Linien verbunden, dann hätten sie einen Stern ergeben – so einen Vater hatte bestimmt sonst keiner!

Kapitel 2

In der Weihnachtszeit sah ich meinen Vater immer nur ein paar Tage vor Heiligabend zum Besuch einer Weihnachtsaufführung. Er holte mich ab, wir genossen zusammen die Vorstellung und danach unseren Cafébesuch.

Mit dem Entflammen der vierten Kerze auf unserem spärlichen Adventskranz stand Heiligabend unmittelbar bevor, was mir zunehmend Unbehagen bereitete: Bald würde der Weihnachtsmann kommen. Die anderen Kinder in meiner Klasse meinten, dass es den Weihnachtsmann gar nicht gäbe. „Alles nur Geschäftemacherei!", schimpften ihre Eltern. Ich hatte auch so meine Zweifel. Andererseits kam jedes Jahr ein Mann zu uns, der für mich und meine Mutter Geschenke brachte und wie der Weihnachtsmann aussah.

An Heiligabend aßen wir immer pünktlich zur gleichen Zeit. Danach half ich vorbildlich beim Abräumen des schmutzigen Geschirrs, denn natürlich wollte ich es nicht riskieren, dass der Weihnachtsmann bei seinem Besuch die Rute herausholen würde.

Diese Vorstellung ängstigte mich sehr. Mit jeder weiteren Minute, die verstrich, wurde meine Angst vor dem Weihnachtsmann größer.

In Gedanken rekapitulierte ich das vergangene Jahr. War ich immer brav gewesen? Mir fiel der eine oder andere Streit mit meiner Mutter ein. Wusste der Weihnachtsmann davon? Hatte er meine Wunschliste auch wirklich bekommen? Einen Brief an ihn hatte ich schon im Spätsommer geschrieben. Und würde er zufrieden mit meinem Gedicht sein? Ein Gedicht wollte er immer von mir hören, allerdings wiederholte ich jedes Jahr dasselbe. Was würde geschehen, wenn dem Weihnachtsmann das auffallen sollte? Allein bei dem Gedanken an die möglichen Konsequenzen bildete sich ein dicker Kloß in meinem Hals, der sich einfach nicht herunterschlucken ließ.

Das Warten nach dem Essen war fürchterlich. Obwohl es wohl nur eine Stunde war, hatte ich das Gefühl, dass es den ganzen Abend dauerte. Nervös ging ich mein Gedicht mehrmals durch und wischte meine feuchten Hände an der Hose ab. Ich lief auf und ab, schaltete den Fernseher an, um mich abzulenken, und gleich wieder aus, weil meine Mutter das nicht wollte. Mit aller Kraft knackte ich Nüsse auf, um sie dann vor lauter Aufregung doch nicht zu essen.

Weihnachten war doch nicht schön! Es war nervenaufreibend und die Angst vor dem Weihnachtsmann schier unerträglich! So wie letztes Jahr und das Jahr davor und vermutlich all die Jahre davor. Vielleicht wäre es anders gewesen, wenn mein Vater dabei gewesen wäre. Dann hätte ich mir sicher sein können, dass er mich beschützen würde, falls der Weihnachtsmann tatsächlich die Rute herausholen sollte. Dass er hinter mir stehen würde, wenn der Mann sich in seinem roten Rock vor mir aufbaute und ein Gedicht verlangte. Mit meinem Vater an meiner Seite hätte ich mich viel sicherer gefühlt.

Dann war es endlich so weit. Es klingelte an der Haustür und wie immer drückte meine Mutter mit einem Lächeln auf den Summer, der die Haustür fünf Stockwerke unter uns öffnete.

Kapitel 3

Angespannt wartete ich bei geöffneter Wohnungstür, bis die Schritte des Besuchers erst leise, dann immer lauter zu hören waren – Stockwerk für Stockwerk kam er die Treppen hinauf. Ich kannte dieses Geräusch gut. Der Streusand von der Straße knirschte zwischen den schweren Stiefeln und der kalten Betontreppe. Nur noch wenige Stufen, dann würde er an der Wohnungstür stehen ...

Meine Mutter zog die Tür weiter auf, um dem großen Mann Einlass zu gewähren. Ich hätte mich jetzt am liebsten unter dem Tisch verkrochen oder mich am Bein meines Vaters festgehalten – oder wenigstens seine kräftige Hand gehalten. Aber ich war auf mich allein gestellt und mein ganzer Körper fühlte sich eiskalt an. Meine Mutter verschloss die Tür und wir gingen die wenigen Schritte ins Wohnzimmer.

Die obligatorische Frage, ob ich denn auch artig gewesen sei, konnte ich mit einem klaren, wenngleich auch zaghaften Ja beantworten. Meine Kiefermuskeln entspannten sich ein wenig und ich sah mir den Mann genauer an. Würde er noch länger im Wohnzimmer stehen, dann würde der schmelzende Schnee vom Rand seiner schwarzen Stiefel abtropfen und einen Wasserfleck auf dem braunen Teppich hinterlassen. Seine Hose sah samtig weich aus und hing ein Stück über den Stiefelrand. Sein Mantel war zugeknöpft und wurde von einer weißen Kordel am Bauch festgehalten. Seine schwarzen Handschuhe zogen gerade einen alten Jutesack von seiner Schulter. Er nickte zufrieden, als hätte er auch nur ein Ja erwartet, und war offenbar genauso froh wie ich, dass die Rute nicht zum Einsatz kommen musste. Er stellte sie zur Seite.

Zweifelsfrei trug er eine Plastikmaske, die sein wahres Gesicht verdeckte. Sie lächelte konstant und freundlich. An Augen, Mund und Nase waren jeweils Löcher eingestanzt, damit er sehen und atmen konnte. Am Kinn klebte ein langer weißer Bart und seinen Kopf zierten lange goldfarbene Haare mit Locken. Ich fragte mich, warum der Weihnachtsmann sich mit so einer Maske verkleiden sollte. Doch ich kam nicht dazu, eine Antwort darauf zu finden, da der Weihnachtsmann mich im nächsten Moment anwies, mein Gedicht aufzusagen – erst dann würde ich meine Geschenke erhalten. So konzentrierte ich mich auf die wenigen Sätze, die ich mir eingehämmert hatte. Ein Wort nach dem anderen fand seinen Weg aus meinem Kopf auf die Zunge. Ich hörte mich selbst reden und kontrollierte mich beim Sprechen, um notfalls korrigierend eingreifen zu können, falls mir doch ein Fehler unterlaufen sollte. Mein Herz schlug schnell und mein Mund wurde zunehmend trocken. Am Ende setzte ich gequält mein bestes Lächeln auf. Ich hatte es geschafft. Mehr konnte ich nicht tun, um den Weihnachtsmann zufrieden zu stimmen. Langsam entspannte ich mich. Ich spürte die Wärme, die vom einzigen Radiator im Raum und den vier Kerzen des Adventskranzes ausging. Die Lichter an unserem Tannenbaum leuchteten schwach und es fühlte sich an, als würde Leben in das unter dem Baum aufgestellte Krippenspiel einkehren.

Der Weihnachtsmann griff tief in seinen Sack und holte ein Spielzeug nach dem anderen hervor. Mir wurde immer wärmer und ich freute mich riesig. Doch dann passierte etwas Seltsames, das ich nie vergessen sollte.

Der Weihnachtsmann nahm seinen Sack und verabschiedete sich von meiner Mutter. Er umarmte sie kurz und nickte ihr vertraut zu, dann beugte er sich tief zu mir herunter – so tief, dass wir auf Augenhöhe waren. Für einen Moment erschien es mir so, als wenn nur er und ich im Raum wären. Der Kerzenschein der vierten, am hellsten strahlenden Kerze warf einen Lichtkegel durch das Augenloch der Weihnachtsmannmaske. Für den Bruchteil einer Sekunde erkannte ich hinter der Maske einige kleine braune Punkte, die, wenn man sie verbinden würde, einen Stern ergäben.

Der Weihnachtsmann legte mir seine Hand auf die Schulter und wünschte mir alles Gute und vor allem frohe Weihnachten. Dann verließ er die Wohnung und ich hörte wieder, wie der Sand zwischen den schweren Stiefeln und dem kalten Betonboden knirschte.

In diesem Moment war ich mir sicher, im nächsten Jahr keine Angst mehr vor dem Weihnachtsmann haben zu müssen. Ich würde mich freuen, ihn zu sehen. Ich lächelte und zusammen mit meiner Mutter packte ich die Geschenke aus.

Der singende Weihnachtsbaum

Kapitel 1

Torben lebte in einer norddeutschen Kleinstadt an der Küste und war ein typischer Durchschnittsjunge: kurze blonde Haare, blaue Augen und eine Latzhose. Sein lässiger Gang kam durch das lockere Einhängen der Hände in seine Hosentaschen erst richtig zur Geltung. Dazu trug er stets ein freches Grinsen. Er war ein fröhlicher, aufgeweckter Junge, der bereits seit über einem Jahr zur Schule ging.

An den Weihnachtsmann glaubte Torben nicht mehr, denn zu oft hatten ihm Freunde erzählt, dass es den nicht gebe. Torben fragte sich jedoch oft, wer der Mann im roten Mantel sein könnte, der immer am Heiligen Abend mit dem großen Jutesack erschien. Er hatte sich fest vorgenommen, das Geheimnis in diesem Jahr zu lüften, denn er hatte schon vor Wochen eine heiße Spur entdeckt: Beim Verstecksielen mit seinem Freund Kolja auf dem Spitzboden entdeckten sie eine Kiste. Die stand abseits in der hintersten Ecke und war mit einem großen Vorhängeschloss verschlossen. An der Seite schaute jedoch ein Stück roter Stoff hervor - laut Kolja ein Weihnachtsmannkostüm. So beschloss Torben, die Kiste in diesem Jahr heimlich zu beobachten. Viellicht hatte Kolja Recht? Irgendwann musste jemand kommen und die Kiste öffnen...

Kapitel 2

Torbens Vater Fin überließ nie etwas dem Zufall. Auch Weihnachten sollte perfekt organisiert sein. In diesem Jahr wollte er endlich das Geheimnis um den Weihnachtsmann lüften. Seit Jahren hatten er und seine Frau Lona dafür gesorgt, dass ihr Sohn immer einen Weihnachtsmann zu sehen bekam. Dafür musste jedes Jahr ein anderer Verwandter in die Rolle des vermeintlichen Weihnachtsmannes schlüpfen und das Kostüm mit dem samtig roten Mantel, dem langen weißen Klebebart und den schweren Stiefeln überstülpen. Mal war es Opa Feit, mal Schwager Bernd und auch Tante Elfi, die Weihnachten hasste, musste das Amt schon einmal übernehmen. Das hatte fast zu einer Katastrophe geführt, weil sie erst nach dem Genuss einer halben Flasche Whisky in der Lage gewesen war, ihrer Stimme den nötigen, männlichen Klang und ausreichend Ernst zu verleihen. Während sie die Geschenke austeilte, konnte sie sich kaum auf den Beinen halten und wäre beinahe mit dem schweren Jutesack gestürzt.

In diesem Jahr wollte Fin die Rolle des Weihnachtsmanns selbst übernehmen und am Ende seine Tarnung enthüllen, denn sein Sohn war nun in einem Alter, in dem man wissen darf, dass es den Weihnachtsmann nicht gibt. Am Vorabend des großen Festes erteilte er, nachdem Torben schlafen gegangen war, noch einmal genaue Anweisungen an die Verwandten:

„So, meine Lieben", holte er tief Luft. „Ich fasse noch einmal zusammen: Ich werde euch morgen nach dem Abendessen verlassen. Torben habe ich bereits vorgewarnt, dass ich noch einmal zu den Jungs in den Club gehen muss, um das Eisbaden am Neujahrsmorgen zu planen. Aber das kennt er schon vom letzten Jahr."
Ein Grinsen schlich dabei über sein Gesicht.

Immer am Neujahrsmorgen um elf Uhr trafen sich die abgehärtetsten Männer und Frauen des Dorfes, um unter jubelndem Beifall der verkaterten Gemeinde eine Runde im zugefrorenen See zu schwimmen. Mit

Eispickeln wurde dafür ein großes Loch in den See geschlagen, um sich danach auf ungewöhnliche Weise zu erfrischen. „Natürlich habe ich ihm versprochen, zeitig zur Bescherung wieder da zu sein. Genau wie letztes Jahr werde ich leider einige Minuten zu spät kommen, aber mit Freude erzählen, dass ich den Weihnachtsmann noch auf dem Schlitten gesehen hätte", versicherte er.

„Mein Kostüm und der Sack liegen wie immer oben im Spitzboden versteckt. Ich werde also die Leiter aus dem Schuppen holen, sie an die Rückseite des Hauses stellen und dann nach oben klettern. Opa öffnet mir das Fenster und ich klettere hinein. Nach dem Umziehen nehme ich den Sack über die Schulter, steige hinunter und komme durch die Terrassentür heimlich wieder ins Haus. Tante Elfi öffnet mir die Tür, wenn ich dreimal leise klopfe. Da die Tür genau hinter dem geschmückten Tannenbaum liegt, wird niemand etwas mitbekommen. So kann Tante Elfi wieder vor den Baum treten und vorgeben, dass sie nur den Tannenbaumschmuck gerichtet hat. Dann schaltet sie das Licht aus. Nur die Lichter des Weihnachtsbaumes werden dann noch den Raum feierlich beleuchten. Ich warte danach einen Augenblick und beginne, leise zu singen. Langsam komme ich mit dem Sack nach vorne, verteile die Geschenke, nehme Torben anschließend zur Seite und enthülle mein wahres Gesicht. Habt ihr alles verstanden?" Torbens Vater schaute fragend in die Runde. Opa nickte zwar, spielte aber verlegen an seinem Hörgerät. Tante Elfi kippte den Rest ihres schweren Ports hinunter, der ihr nicht nur ein wohliges Gefühl im Bauch vermittelte, sondern auch die nötige Bettschwere verschaffte, in die sie nach dem langen Monolog ihres Bruders schnellstmöglich verfallen wollte. Müde murmelte sie mit genervtem Unterton: „Habe verstanden, Boss! Dreimal klopfen, Tür öffnen, Tannenbaumschmuck korrigieren, und dann hat die Show bald ein Ende." Torbens Mutter lächelte: „Ja, verstanden! Und ich werde, wie immer, auf dem Sofa sitzen und dänische Aebleskiver fertig haben, von denen dann alle zur Bescherung naschen können."

Kapitel 3

Toben stand früh auf. Am Vortag hatten er und seine Mutter, die gebürtige Dänin war, eine Schale mit Haferbrei für ihren Nissen auf den Dachboden gestellt.

Würde der kleine (Haus-)Wichtel, von dessen Existenz die Mutter fest überzeugt war, davon essen, wäre das ein gutes Zeichen und der Familie würde im kommenden Jahr Glück wiederfahren. Bliebe der Brei jedoch unangerührt, wäre ihr Nisse verärgert und die Familie müsste mit Problemen rechnen. So lautete zumindest die gängige Vorstellung dieses Brauches. Dieser hatte für Torben in diesem Jahr einen ganz besonderen Vorteil: Sowohl beim Hinstellen als auch beim Runterholen der Schüssel konnte er unbemerkt einen Blick auf die Kiste erhaschen. Sie stand noch immer unangerührt in der Ecke des Spitzbodens, die Haferbreischüssel hingegen war leer. Ein gutes Zeichen.

Der Tag verging wie im Fluge und das Weihnachtsessen schmeckte köstlich. Endlich kam der Moment, an dem Torbens Vater aufbrechen musste. Torben selbst gab vor, sich bis zur Bescherung auf sein Zimmer zurückzuziehen und lief die Treppe hinauf. Vor seinem Zimmer hielt er kurz inne, lies die Tür gut hörbar für alle zuknallen und schlich die schmale Treppe hinauf in den dunklen Spitzboden.

Durch das Dachfenster schien etwas Mondlicht, gerade so viel, um die Umrisse des alten Inventars im Raum zu erkennen. Sein Blick suchte hastig die Kiste mit dem roten Stoff. Direkt daneben stand bereits eine

Gestalt mit einigen roten Tüchern unterm Arm. Verdammt! Er war zu spät. Leise versteckte er sich hinter einem alten Schrank und beobachtete die unbekannte Person. Sie trug den roten Stoff unterm Arm und bewegte sich schwerfällig schnaufend auf die Treppe zu. Da das Fenster angelehnt war, zog es eisig über den alten Holzboden. Die Kiste stand offen und war, soweit Torben sehen konnte, leer. Als die Person die Tür zur Treppe öffnete, konnte Torben ihr Gesicht erkennen: Es war niemand anderes als sein Opa! Stöhnend schob er seinen rundlichen Körper durch die Spitzbodentür und stieg die Treppe hinab.

Für Torben stand fest: Opa muss der Weihnachtsmann sein, nicht sein Vater, wie er vermutet hatte! Schnell kletterte er aus seinem Versteck, wartete, bis sein Opa nicht mehr zu sehen war, und schlich ebenfalls die Treppe hinunter in sein Zimmer. Gespannt würde er dort warten, bis man ihn zur Bescherung rief. Dann würde er seinen Opa als Weihnachtsmann entlarven. Seine Freunde hatten also doch Recht! Es gab keinen Weihnachtsmann.

Kapitel 4

Torbens Vater machte sich die wenigen Schritte auf zur Scheune. Die Weihnachtsgans blubberte in seinem Magen auf und ab, wie in einem mit Wein gefüllten Teich. Eilig holte er die Leiter heraus, stellte sie ans Dach des Haupthauses und machte sich auf den gefährlichen Weg nach oben. Wie vereinbart, öffnete sein Vater das Fenster und ließ ihn hinein.

„Mann, Mann, ist das kalt hier oben", stöhnte Torbens Vater. „Und glatt ist es! Ich muss verdammt aufpassen, dass ich nicht vom Dach rutsche", fluchte er weiter. Opa schaute auf und nickte verständnisvoll. „Ja, ja, Kutsche fahren ist schöner", nuschelte er nur, ein deutliches Zeichen dafür, dass sein Hörgerät mal wieder nicht funktionierte.

Fin kletterte durchs Fenster und öffnete das Vorhängeschloss der schwarzen Kiste, nahm das Weihnachtsmannkostüm hervor und zog sich um. Dann klebte er sich den weißen Bart ins Gesicht und schlüpfte in die Stiefel. „Ich klettere nun wieder runter", erklärte er seinem Vater das weitere Vorgehen.

„Das Beste wird sein, wenn du mich am Kragen und Gürtel festhältst, bis ich sicher auf der Leiter stehe", schlug er vor. Opa nickte und der Abstieg begann. Torbens Vater stand bereits sicher auf der Stufe, als sich die Weihnachtsgans in seinem Magen entschloss, mit aller Wucht gegen die Magenwand zu schwimmen. Jedenfalls fühlte es sich so an. Er verlor das Gleichgewicht, und plötzlich kippte die Leiter zur Seite und fiel zu Boden. Fin rutschte ab, sein Vater hielt mit aller Kraft den roten Mantel fest. Im Handumdrehen löste sich sein Sohn aus dem Weihnachtsmannkostüm und blieb mit einem abrupten Stopp mit den Händen an der Dachrinne hängen. Der Ruck löste sofort die locker sitzenden Stiefel von seinen Füssen. Eine Sekunde später hörte er deren Aufschlag neben der Leiter, gefolgt von dem Geschenkesack.

Nun hing ein halbnackter Mann mit einem wild im Wind flatternden, weißen Bart an der Dachrinne des Hauses und ein alter Mann schaute mit großen Augen durch das Dachfenster; in der einen Hand einen roten, eingerissenen Mantel, in der anderen ein Hörgerät, an dem er verzweifelt die Lautstärke anzupassen versuchte.

„Alles in Ordnung", fragte er zögerlich? „Ja, ja, jetzt nur nicht aufregen", versuchte Fin seinen Vater zu beruhigen. „Das macht keinen Sinn. Ich komme schon klar. Ich kann am Regenrohr nach unten klettern. Nimm das Kostüm und bring es runter. Ich schnappe es mir unten am Eingang hinterm Baum. Mach schnell, die Zeit ist knapp!"

Opa lehnte das Fenster an und machte sich auf den Weg nach unten. Er glaubte, alles verstanden zu haben, wenn sich ihm auch der volle Sinn nicht gänzlich erschloss: Seinem Sohn ging es trotz der misslichen Lage offenbar gut. Er sollte jetzt nicht aufgeben und Gin trinken. Unten schauen, Kostüm, Baum, Geschenk. Vermutlich hatte Fin seinen Plan aufgrund der neuen Umstände abgeändert. Er sollte das Kostüm offenbar schnell hinunterbringen und an den Baum hängen, denn dann ist es ein Geschenk, rekonstruierte er den Sachverhalt.

So nahm er das Kostüm unter den Arm und eilte hinunter in den Keller. Dort fand er einen Draht, bog ihn zum Bügel und stülpte das Kostüm darüber. Anschließend tänzelte er lächelnd die Treppe hinauf ins Wohnzimmer, wo er kurzerhand das Weihnachtsmannkostüm dekorativ an den Baum hängte. Die anderen starrten ihn überrascht an, doch er antwortete nur: „Eine tolle Idee von meinem Sohn. Ich bin gespannt, was er sich nun hat einfallen lassen. Elfi, ruf doch mal Torben runter und mach die Terrassentür auf." Sein Lächeln wurde größer, und mit erwartungsvoll geöffneten Augen starrte er den Weihnachtsbaum an. Sein rundlicher Körper plumpste neben der erstaunten Schwiegertochter in das braune Ledersofa.

Tante Elfi war nicht sonderlich überrascht, als sie die Tür öffnete und Fin völlig unterkühlt in Unterwäsche vor ihr stand. Mit wenig Sinn für das ganze Weihnachtsgetue fragte sie nur: „Sag mal, Fin! Wolltest du dich nicht erst nach der Bescherung entkleiden? Ohne roten Mantel wirkt der Bart lächerlich! Opa hat dein Kostüm schon an den Baum gehängt, und ich habe deinen Sohn gerade gerufen. Komm schnell rein, er wird gleich hier sein!" Sie machte auf dem Absatz kehrt und torkelte wie vereinbart zum Lichtschalter. Sie hat zu viel Port getrunken, schoss es Fin noch durch den Kopf. Gleichzeitig suchte sein Blick fieberhaft nach dem Kostüm. Vielleicht würde die Zeit noch reichen, es rasch überzuziehen. Doch seine Hoffnung schwand schlagartig. Auf dem Weg zum Lichtschalter knickte seine Schwester mit einem Fuß um. Haltsuchend ergriff sie reflexhaft die Tischdecke der bunt gedeckten Tafel und riss diese im Sturz vom Tisch, während es ihr zeitgleich im Fallen gelang, den Lichtschalter zu betätigen. Lautes Scheppern der prallgefüllten Keksdose untermalte den entsetzten Aufschrei von Fins Mutter. Nur die wenigen Lichter des Weihnachtsbaumes schenkten dem Wohnzimmer jetzt noch eine festliche Beleuchtung, als Torben den Raum betrat.

Kapitel 5

Nachdem er gerufen wurde, rannte Torben schnellstmöglich die Treppe hinunter. Ein lautes Scheppern irritierte ihn, doch neugierig betrat er das Wohnzimmer. Tante Elfi saß auf dem Fußboden und rieb sich ihren Knöchel. Über den Boden kullerten Mutters Plätzchen. Die größte Überraschung für Torben war jedoch ein großes Weihnachtsmannkostüm, das am Baum hing. Opa war offenbar doch nicht der Weihnachtsmann!

In der Hoffnung, wieder plangemäß zu handeln, stimmte Torbens Mutter das bekannte Weihnachtslied an. Sie brauchte zwei Anläufe, bis alle mitsangen.

Was Torben aber am meisten verwunderte, war, dass der Baum selbst auch mitsang. Ja, der Baum sang! Torben freute sich. Bestimmt waren sie die einzige Familie in ganz Deutschland, die einen singenden Weihnachtsbaum im Wohnzimmer stehen hatten.

Immer noch skeptisch schaute er erneut in die Runde und vor allem zum Weihnachtsbaum. Dieser ragte bis unter die Decke und war mit bunten Kugeln, viel Lametta und dem Weihnachtsmannkostüm geschmückt. Die Familie und der Tannenbaum höchstpersönlich schmetterten nun bereits die dritte Strophe des bekannten Liedes mit ansteigender Lautstäke in den Raum, als könnten sie dadurch verhindern, dass sich Torben auf den Baum zubewegte. Doch der trat an die Tanne heran und setzte plötzlich sein typisches Grinsen auf: Er erkannte seinen fast nackten Vater hinter dem Baum und musste herzhaft lachen. Das Singen verstummte und langsam kam Fin hinter dem Baum hervor. „Papa", brach es mehrfach lachend aus Torben hervor. „Warum stehst du nackt hinter unserem Weihnachtsbaum?"

Alle anderen schwiegen und starrten gebannt auf den Baum. Opa fingerte an seinem Hörgerät. Er wollte jetzt nichts verpassen. Torbens Vater zeigte sich. Nun fingen alle an zu lachen. Selbst Torbens Vater, der nicht sicher war, ob er nun die Wahrheit sagen oder lügen sollte, dass er gerade seinen ersten Eisbadeversuch hinter sich habe, was sicher eine halbwegs plausible Erklärung für seinen Sohn gewesen wäre, fing herzlich an zu lachen.

Da hörte man plötzlich ein lautes Poltern vor der Tür. Torben und Tante Elfi, die der Haustür am nächsten standen, öffneten sie. Davor lag ein Haufen Geschenke.

In der Ferne erkannte die Familie einen Mann im roten Mantel und mit weißem Bart, der in einem Schlitten von Rentieren gezogen wurde und seinen Weg in die Heilige Nacht fortsetzte…

Die Weihnachtsbrille

Als Weihnachtsmann wurde ich in meinen Dienstjahren zu vielen Festlichkeiten gebeten. Manche von ihnen haben einen bleibenden Eindruck hinterlassen, weil ich durch das Erlebte tief berührt wurde. Zumeist waren es freudige Erlebnisse, manchmal auch traurige. Doch bei der Erinnerung an den Weihnachtsabend zur Jahrtausendwende bekomme ich noch heute eine Gänsehaut. Sie gehört zu den Dingen im Leben, die ich nie vergessen werde.

Wie jedes Jahr hatte ich wieder fünf Familien auf meiner Weihnachtsliste, um bei ihnen den Weihnachtsmann zu spielen. Fünf Haushalte können an einem Abend ohne Zeitnot abgearbeitet werden. Nach jedem Besuch notierte ich sorgfältig, wo ich gewesen war und wie mein Besuch bei den Teilnehmern ankam. Es half mir später, mich besser zu erinnern. Bei erneuten Besuchen konnte ich vielleicht ein Thema vom Vorjahr aufgreifen und nachfragen, ob die Kinder sich auch an Vereinbarungen gehalten hatten, die sie mit mir getroffen hatten.

An diesem Abend waren die Hauptstraßen zwar von Schnee und Eis geräumt worden, doch der anhaltende Neuschnee hatte die Stadt nach kurzer Zeit wieder in einen weißen Mantel aus weißen Schneeflocken und eisiger Kälte gehüllt. In Böen stürmte es, wie in einer geschüttelten Schneekugel. Die kalte Luft kroch durch jede noch so kleine Öffnung meines Gewandes. Schon nach wenigen Schritten im Freien zitterten meine Hände und mein roter Mantel war von der weißen Pracht bedeckt.

Zügig setzte ich mich in meinen warmen Wagen, dessen zusätzliche Standheizung eine gute Investition gewesen war. Jetzt machte sie sich bezahlt. Mit klammen Fingern hakte ich die vierte Familie auf meiner Liste ohne weitere Kommentare ab. Trotz des schlechten Wetters war ich mit meinen Terminen schnell fertig geworden. Mein Blick wanderte in die letzte Zeile meiner Auftragsliste. Im Vergleich zu den anderen Einträgen enthielt sie kaum Hinweise zum Vorgehen. Ich las nur die Adresse und den Vermerk, dass ich in der Nähe des Eingangs parken solle. Man würde mich dann ansprechen.

Sodann machte ich mich durch das Schneegestöber auf den Weg. Ich fand tatsächlich in unmittelbarer

Nähe einen Parkplatz. Gleich gegenüber dem Eingang des schon auf den ersten Blick erkennbar alten Hauses stellte ich den Motor ab. Erst jetzt bemerkte ich die Stille. Nur die Standheizung meines Wagens surrte leise.

Wartend blickte ich eine Weile auf das mit viel Schnee bedeckte Einzelhaus, das von einem parkähnlichen Garten und einem hohen Zaun umschlossen war. Das Tor zum Grundstück stand offen. Der Zuweg war zugeschneit. Diese alte Villa sah schrecklich heruntergekommen aus. Einige der Fensterläden waren gebrochen. Andere wurden nur noch von einem Scharnier an der Hauswand gehalten oder fehlten komplett. Vermutlich waren sie schon vor Jahren abgefallen. Durch die von Rissen gezeichnete Fassade war bereits das durchfeuchtete Hintermauerwerk sichtbar. Neben dem Eingang verbreitete eine verrostete Leuchte flackerndes Neonlicht. Dieses Haus und vermutlich auch deren Bewohner hatten sicher schon bessere Zeiten erlebt. Auf mich wirkte es einsam und verlassen, nicht weihnachtlich und ein wenig unheimlich.

Ich versuchte mir vorzustellen, wer mich drinnen erwartete. Eine Familie mit Kindern? Vielleicht würde ich ihnen zunächst ernst ins Gesicht sehen, um die

Spannung zu erhöhen, aber dann natürlich lächeln und weihnachtliche Worte finden.

Sicherlich hatte man tolle Geschenke bereitgelegt, die ich übergeben sollte, denn ohne Geschenke wären die Kinder sicher enttäuscht. Über meinen Gedanken verstrich die Zeit. Auftragsgemäß wartete ich vor dem Haus. Vermutlich gab es einen guten Grund für die Verzögerung. Gelegentlich wurde eines der Zimmer von einem Licht erhellt, ein anderes erlosch, aber es trat niemand zu mir hinaus.

Ich hatte gerade beschlossen auszusteigen, um im Eingangsbereich, vielleicht am Klingelschild, einen Hinweis zu finden, wo ich zu erscheinen hatte, als es dumpf an meiner Autoscheibe klopfte. Ich erschrak. Ich hatte die ganze Zeit auf den Eingang gestarrt und nicht bemerkt, dass sich jemand meinem Auto genähert hatte. Ich öffnete die Fahrertür und schob dabei etwas Neuschnee beiseite, der sich zwischen Parkstreifen und Gehweg angesammelt hatte. Um nicht auszurutschen, stieg ich vorsichtig aus meinen Wagen. Dabei glaubte ich, einen Stoß zu spüren, und rutschte mit meinem Stiefel am Kantstein ab. Für den Moment verlor ich das Gleichgewicht. Ich ruderte mit meinem Armen durch die Luft und konnte mich wieder fangen, ohne zu stürzen. Doch meine Brille war zu Boden gefallen und sofort im tiefen Schnee versunken.

„Langsam, langsam, junger Mann", sprach eine männliche Stimme. „Ist alles in Ordnung? Es tut mir leid, dass Sie warten mussten."

„Danke", entgegnete ich. „Es geht mir gut! Danke! Aber meine Brille ist mir von der Nase gerutscht. Sie muss hier irgendwo ..." Der Mann unterbrach mich, bevor ich zu Ende sprechen konnte: „Ja! Ich sah sie fallen, aber der Schneesturm ist zu stark! Ich kann sie auch nicht sehen. Aber kommen Sie mit. Ich gebe Ihnen eine von meinen Brillen. Ich weiß auch schon welche. Ich bin sicher, dass sie Ihnen gefallen wird. Ich habe mehr Brillen, als ich brauche. Sie sind doch kurzsichtig?" Er lachte kurz und stapfte bereits weiter durch den Schnee in Richtung Eingang. Ich ging in die Hocke und tastete im Schnee nach meiner Brille. Aber ich konnte sie weder sehen noch fühlen. Die bittere Kälte wurde mir wieder bewusst und so hielt ich das Angebot des Unbekannten für die rettende Idee, dem kalten Schneetreiben zu entkommen. Zügig folgte ich ihm zum Hauseingang.

Der Mann trug einen dunklen Wintermantel und einen altmodischen Filzhut. Sein Körper war schmal gebaut, fast schon mager. Seine Hände steckten in schwarzen Wollhandschuhen. Er zog einen hölzernen Schlitten hinter sich her, auf dem einige graue Päckchen verschnürt waren. Sollten das die Weihnachtsgeschenke sein? Mehr konnte ich jedoch ohne Brille nicht erkennen.

„Kommen Sie hier rüber zur Tür. Ich gebe Ihnen meine Brille im Treppenhaus. Da haben wir mehr Licht und Sie können dann gleich wieder etwas sehen."

Der Mann war offenbar schon sehr alt, denn er hatte Mühe, die wenigen Stufen zur Haustür hinaufzusteigen. Nach wenigen Schritten hatte auch ich den Hauseingang erreicht. Er zog seine Handschuhe aus und steckte routiniert einen alten Bartschlüssel in das rostige Türschloss. Nach einem schwerfälligen Klacken öffnete sich die Tür. Er zog den Schlüssel wieder heraus und trat in die große Diele der alten Villa. Freundlich lächelnd hielt er mir die Tür auf. Ich folgte ihm und hörte die schwere Tür hinter mir ins Schloss fallen.

„So, da wären wir", stöhnte er außer Atem. Dabei griff er in seine Tasche und streckte mir einen kleinen, dünnen Gegenstand entgegen.

Ich ahnte, dass es sich dabei wohl um die versprochene Brille handelte. Dankend nahm ich an und setzte die Brille auf, konnte aber noch weniger sehen als ohne seine Sehhilfe. Vielleicht stimmte die Sehstärke nicht? „Mein Name ist von Hagenberg", stellte der Alte sich mit ruhiger Stimme vor. „Meine Familie und ich wohnen hier seit vielen Jahren. Die Feier findet gleich hier hinter der großen Flügeltür im Wohnbereich statt. Sie wissen, dass jemand kommt. Ich hole eben die Geschenke vom Schlitten. Sie warten hier", ordnete er an. „Die Brille hat sich gleich an Sie gewöhnt. Geben Sie ihr einen Augenblick Zeit", lachte er wissend. Noch bevor ich ihm widersprechen konnte, hörte ich die Haustür erneut zufallen.

Jetzt war es leise im großzügig angelegten Korridor. Hier drinnen war es deutlich wärmer. Aus dem Wohnbereich hörte ich leise Stimmen und Gelächter. Der alte Mann hatte Recht behalten. Langsam konnte ich durch die Brille klarer sehen und schaute mich neugierig um. Das Innere des Hauses überraschte mich. An den Wänden hing viel Weihnachtsschmuck, die Treppe war mit Teppich ausgelegt und neben dem

Treppenaufgang stand eine bunt geschmückte Weihnachtstanne, deren Beleuchtung den ganzen Empfangsbereich festlich erhellte. Eine wirklich wohlige Atmosphäre, die so gar nicht zum Äußeren des Hauses passte.

Das erneute Klacken der Haustür holte mich aus meinen Betrachtungen zurück: Jemand hatte einen Schlüssel im Türschloss gedreht. Die Tür öffnete sich schwungvoll. Mein Erstaunen war groß: Ein junger Mann in weißer Uniform trat ein. Vor sich trug er einen Berg bunter Geschenke. „Kommen Sie mit. Hier entlang geht´s in die gute Stube der von Hagenbergs", verkündete er mit einer jung-dynamischen Stimme. Sie hatte Ähnlichkeit mit der des alten Mannes, der eben noch einen grauen Mantel getragen und offenbar Mühe gehabt hatte, die Stufen hochzusteigen. Auch meinte ich, in den Gesichtszügen eine Ähnlichkeit zu erkennen. Für mich stand fest, dass es sich um einen Verwandten handeln musste, vielleicht den Sohn des Alten. „Entschuldigen Sie", stotterte ich, immer noch überrascht von dem Erscheinen des jungen Mannes. „Ich glaube, draußen ist noch Ihr Vater", mutmaßte ich. „Oh! Herr Weihnachtsmann", sagte er leise und lächelnd. „Sie täuschen sich. Das passiert mir oft. Der dunkle Mantel lässt mich alt aussehen. Ich habe ihn draußen gelassen. Er soll meine schöne Uniform nicht weiter verdecken. Schließlich ist heute ein Feiertag und hier drinnen ist es angenehm warm."

Er schien meine Stirnfalten zu bemerken. „Na, kommen Sie schon. Sie sehen ja aus, als hätten Sie einen Geist gesehen! Aber ohne Brille kann man sich ja mal vergucken." Seine Einladung unterstrich er mit einer dynamischen Handbewegung in Richtung Flügeltür. „Ja, sicher", versuchte ich, immer noch verunsichert, zu bestätigen. „Ohne Brille bin ich aufgeschmissen. Nur gut, dass Sie eine Brille für mich dabeihatten."

„Wir machen es so", ordnete er erneut an. „Ich gehe vorweg. Die Geschenke lassen wir hier im Flur neben der Flügeltür stehen. Sie setzen sich einfach zu uns an den Tisch und erzählen ein wenig von Ihrem Leben als Weihnachtsmann. Greifen Sie ruhig mit zu! Es gibt Lammbraten! Sie haben ja sicher etwas Zeit. Wie ich weiß, wartet heute niemand mehr auf Sie." Wieder grinste er. Hatte die Agentur ihm erzählt, dass ich allein lebte? Er wusste auch, dass er mein letzter Kunde für heute war. Eigentlich machte ich so etwas nie. Aber er ließ mir kaum Gelegenheit zum Widerspruch. „Behalten Sie die Brille erst einmal auf. Sie steht Ihnen gut. Und nun kommen Sie doch endlich zu uns rein."

Der junge Mann öffnete die Flügeltür zum Wohnbereich und sofort wurden die lustigen Stimmen lauter und weihnachtliche Musik erklang, was mir gut gefiel. Ein Hauch von frischem Rosmarin und Knoblauch verfeinerte den Duft eines gut gewürzten Bratens.

Seine Kinder tobten voller Freude auf ihren Vater zu. Er hatte Mühe, sie an den Tisch zu bekommen, und es gelang ihm nur, als er drohte, den Weihnachtsmann wieder wegzuschicken.

Seine Frau war sehr festlich gekleidet und strahlte eine raumflutende Warmherzigkeit aus. Ich fühlte mich schnell wohl im Kreis dieser Familie. Jedes Mal, wenn die Konversation zu stocken drohte, warf sie gekonnt eine Frage ein, und sofort hatten alle wieder ein Thema, über das geredet wurde.

Herr von Hagenberg berichtete stolz von seinem Dienst bei der Marine. Seine Kinder träumten von einem Leben in Amerika. Dort würden sie eine riesige Marshmallow-Fabrik betreiben. Als Inhaber hätten sie dann natürlich kostenlosen Zugang zu allen Süßigkeiten, die sie produzierten. Ich war selten bei so einer harmonischen Familie zu Gast. Das Essen war sagenhaft köstlich. Erst nach dem dritten Stück Braten konnte ich der anhaltenden Versuchung widerstehen. Als Weihnachtsmann fühlte ich mich jetzt einmal selbst auf das angenehmste beschenkt.

Das Geschirr war schnell abgeräumt, und die Kinder spaßten mit mir wie mit einem guten Bekannten. Schließlich flüsterte mir der ältere Sohn ins Ohr: "Du bist zwar kein echter Weihnachtsmann, aber kannst du uns nun die Geschenke geben?"

Ich grinste verschwörerisch und warf einen fast überflüssigen Blick zu den Eltern auf der anderen Tischseite. Beide nickten zustimmend. Ich nahm einen weiteren Schluck aus meinem Weinglas und begab mich in den Flur, wo ich die Geschenke zusammen mit dem Hausherrn vor über einer Stunde hinterlegt hatte. „Ho, ho, ho!", rief ich ins Wohnzimmer. Dann begann ich, die Pakete zu verteilen.

Für die Gastgeberin gab es eine schöne Halskette mit einem goldenen Hufeisen als Anhänger. Da sie gerne ritt, sollte er ihr Glück bringen. Ihr Gatte bekam eine Wollmütze für kalte Wintertage und eine neue Geldbörse aus feinstem Leder.

Für die Kinder gab es eine große elektrische Eisenbahn mit zahlreichem Zubehör an Schienen, Weichen und Signalanlagen. Sie stärkten sich mit Süßigkeiten von ihren bunten Weihnachtstellern und begangen begeistert, die Gleise durch das Wohnzimmer zu legen. Alle strahlten vor Freude.

Eine Weile genossen wir noch das gemeinsame Zusammensein, bis ich schließlich meinen Feierabend ankündigte.

Alle baten mich, im nächsten Jahr wiederzukommen. Dem stimmte ich gerne zu. Auf dem Weg zur Tür fragte ich Herrn von Hagenberg, wo ich die Brille hinlegen solle. Sein Blick wurde plötzlich ernst, als habe er schlechte Nachrichten zu verkünden. „Sie wollen die Brille wirklich absetzen?", fragte er zögernd.

In mir kroch Unbehagen empor. Ich spürte, dass irgendetwas nicht stimmte und mir wurde plötzlich ganz heiß. „Ja, sicher", antwortete ich. Noch während ich sprach, griffen meine Hände die Brillenbügel, um sie langsam abzunehmen. „Es ist schließlich Ihre Brille. Die sollte ich Ihnen dann doch auch wieder zurück ..."

Weiter kam ich nicht. Ein starker Schmerz peitschte durch meinen Kopf und ich hörte ein lautes Schrillen. Für einige Sekunden überkam mich ein Schwindelgefühl. Die Brille fiel mir aus der Hand. Was war passiert? Wo war ich? Ich sah mich um. Neben mir lagen

Berge alter Wäsche und Bücher. Ich stand in einem Korridor. Offenbar noch im Haus der von Hagenbergs. Aber was war mit dem Licht? Lediglich aus dem Wohnzimmer trat ein gedämpfter dünner Lichtstrahl durch die angelehnte Flügeltür hervor. Es roch irgendwie muffig, alt, feucht und nach Inkontinenz. Wieder gellte ein Schrillen durch meinen Kopf und durch die Diele. Es kam von der Haustür! Die Türklingel! Ich ging ein paar Schritte nach vorne und öffnete benommen die Eingangstür.

Vor mir stand eine rundliche Frau in einem langen blauen Mantel. Ihre Wangen waren rotgefroren und ihre fellbesetzte Mütze war mit Schnee bedeckt. Sie zog die Kopfbedeckung nach hinten und gab so ihre grauen hochgesteckten Haare frei. Sie wurden von einer weißen Haube zusammengehalten, wie sie Ordensschwestern tragen. „Ho, ho, ho!", grinste sie mich an. „Ich wusste gar nicht, dass der Weihnachtsmann dieses Jahr auch zu Frau von Hagenberg kommt. Sie müssen wissen, dass die gute Frau schon über neunzig ist und eigentlich keine Aufregung mehr verträgt. Na ja und bei ihrer starken Demenz ist es, unter uns gesagt, ja auch schon etwas fraglich, ob sie sich dann überhaupt noch an Sie erinnert, bevor Sie zur Tür raus sind." Sie zog ihre Augenbrauen nachdenklich hoch, während sie sich mit einer Thermobox unter dem Arm an mir vorbeischlängelte und die schwere Flügeltür aufschob.

Benommen sah ich ihr hinterher. Sie war sehr geschäftig und nahm keine weitere Notiz von mir. Was hatte sie gesagt? Frau von Hagenberg sei über neunzig Jahre alt?

Ich folgte ihr. Der Wohnbereich war kläglich eingerichtet und nur oberflächlich geputzt worden. Es war viel zu warm geheizt und auf dem Sofa saß eine alte, zittrige Frau, die sich mit einer Hand am Tisch abstützte, während ihre andere Hand eine Goldkette mit einem Hufeisenanhänger fest umschlungen hielt. Neben ihr lag ein großes Schlafkissen, und ihre Beine waren bis zur Hüfte mit einer dicken Wolldecke umhüllt.

Auf dem Tisch stand ein silberner Rahmen, der das Bild eines stolzen Marinesoldaten verzierte, daneben kleinere Bilder mit zwei Herren im besten Alter. Sie standen vor einem Fabrikgebäude. „Schokoladenmanufaktur von Hagenberg" war auf einem Schild zu lesen.

„Hallo! Stellen Sie sich vor! Heute ist Weihnachten und wir haben ein riesiges Weihnachtsfest gefeiert.

Wie jedes Jahr! Mein Mann war hier und meine Kinder auch!", begrüßte sie uns.

Ja, Frau von Hagenberg", nickte die Ordensschwester verständnisvoll. „Ich habe Ihnen hier ein warmes Abendessen mitgebracht. Es ist etwas spät, aber ich bin im Schnee steckengeblieben. Es wird Ihnen gut schmecken."

„Ach danke, das ist nett, aber ich hatte heute schon Lammbraten. Ich glaube, ich esse jetzt nichts mehr", entgegnete die alte Dame.

Ich fasste mir an die Stirn und rieb meine Augen. Was war hier geschehen? Hatte ich das eben erlebte Weihnachtsfest nur geträumt oder träumte ich vielleicht gerade in diesem Augenblick?

Die alte Dame warf mir ein bescheidenes Lächeln zu. „Sie sehen aus wie der Weihnachtsmann", stellte sie fest. Die Schwester zog die Wolldecke ein Stück höher und rückte das Kissen der alten Frau zurecht.

„Frau von Hagenberg, ich komme morgen früh wieder zu Ihnen. Essen Sie ein wenig und schlafen Sie gut", empfahl sie der alten Dame.

Ich nickte ihr zu, als würde ich die Worte der Pflegerin unterstützen und zog mich mit ihr zurück in den Flur.

„Frau von Hagenberg erzählt oft von ihrem verstorbenen Mann und den Kindern in Amerika. Leider ist es den Kindern kaum möglich herzukommen. Sie führen ein großes Unternehmen und sind immer viel beschäftigt", führte sie weiter aus, während ihre Finger den Lichtschalter an der Hauswand suchten. „Passen Sie auf", warnte sie. „Das Treppengeländer ist etwas brüchig und die Fliesen sind teilweise eingeschlagen. Nicht, dass Sie sich Ihren Mantel zerreißen."

Der Treppenaufgang sah erbärmlich aus. Vom Teppich und vom Weihnachtsschmuck war nichts mehr zu sehen. "Ja, vielen Dank! Ich sehe schon", hauchte ich leise vor mich hin.

„Ach, wissen Sie, es ist schon seltsam! Auf der einen Seite ist die gute Frau so alt und krank, auf der anderen Seite berichtet sie jedes Jahr von einem schönen Weihnachtsfest. Ich glaube, Weihnachten kommt immer zu denen, die Weihnachten auch brauchen und vielleicht auch etwas Warmes im Herzen tragen. Was meinen Sie als Weihnachtsmann dazu?"

Sie zog die Haustür auf und blickte nachdenklich in die verschneite Nacht.

„Ich weiß nicht. Ja, ich denke, Sie haben wohl Recht", gab ich nachdenklich zurück.

Sie lachte kurz. „Na, dann noch einen schönen restlichen Abend."

„Ja, danke, auch Ihnen einen schönen Abend und natürlich frohe Weihnachten!", rief ich mit zittriger Stimme und sah ihr nach, wie sie die wenigen Schritte durch den Schnee zu ihrem Wagen stapfte.

Langsam schritt ich die Stufen von der Haustür zur Straße hinunter. Noch immer konnte ich das eben Erlebte nicht fassen, bemerkte aber die eisige Kälte, die mir erneut an diesem seltsamen Abend in meinen Mantel kroch.

Da ich ohne Brille nicht weit sehen konnte, ging vorsichtig zu meinem Auto zurück, schloss die Wagentür auf und setzte mich hinein. Auf dem Beifahrersitz lag seltsamerweise meine Brille. Offenbar war sie doch nicht im Schnee verloren gegangen. Doch wie kam sie dorthin? Ich setzte sie auf und konnte wieder scharf sehen. Mein Blick streife über das Armaturenbrett. Die Uhr zeige mir an, dass seit meinem Eintreffen kaum eine Stunde vergangen war.

Mich überkam eine Gänsehaut. Mit einem flauen Gefühl im Bauch startete ich den Motor und fuhr nach Hause.

Seit jenem Abend finde ich jedes Jahr einen Schokoladenweihnachtsmann in meiner Weihnachtspost. Hergestellt in der Manufaktur von Hagenberg, Pennsylvania USA.

Obwohl ich von der Agentur nie wieder einen Auftrag für Familie Hagenberg bekommen hatte, fuhr ich in den letzten Jahren immer wieder mal dort vorbei. Ich traf jedoch nie jemanden an und im Laufe der Zeit verkamen das Gebäude und der Garten zunehmend.

Als ich einmal zufällig einen Nachbarn traf, sprach ich ihn auf die Familie an. Er erzählte mir, dass dort schon seit Jahrzenten niemand mehr wohnen würde...

Die Weihnachtsmann-App

Kapitel 1

Olaf Svenson streifte die harte Kunststoffmaske von seinem Kopf und klemmte sie unter seinen rechten Arm. „Puh!", stöhnte er. „Ich gewöhne mich wohl nie an die Hitze unter dieser Maske". Schweißperlen tropften von seiner Stirn. Geübt öffnete er die Knöpfe seines roten Weihnachtsmannmantels und ließ sich am Tisch der pausierenden Weihnachtsmänner nieder. Björn und Inga saßen bereits am kantigen Ecktisch der kleinen Bäckerei mitten in Stockholms Innenstadt. Auch sie hatten ihre Kostüme abgelegt und genossen einen heißen Kakao mit Schlagsahne. „Du musst das ja nicht mehr lange machen", prognostizierten sie ihrem soeben eingetroffenen Studienkollegen. Alle drei studierten Informatik an der Universität zu Stockholm und verdienten sich in der Vorweihnachtszeit gern etwas als Weihnachtsmann dazu. Jedoch ging es ihnen weniger um das Geld, sondern um die Freude und die schöne Zeit, die man hatte, wenn man den Menschen kleine

Geschenke machte. In ihren Säcken trugen sie Gebäck und Äpfel, die sie an Kinder verteilten. Zudem war die frische Luft auf den Weihnachtsmärkten eine willkommene Abwechslung zum langen Programmieren in den schlecht belüfteten Laboren der Universität. Björn, Ingas bester Freund, der mit am Tisch saß, senkte seinen Kopf und es schien, als würde er in seinem mit heißer Schokolade gefüllten Becher versinken. Er wusste, worauf Inga anspielte.

Das Weihnachtsmann-Sein war nicht mehr so wie noch vor drei oder vielleicht fünf Jahren. Im Laufe der Zeit blieben immer weniger Menschen stehen, um sich beschenken zu lassen oder ein freundliches „Ho, ho, ho!" mitzunehmen. Hier und da trafen sie noch auf eine Mutter mit Kind oder auf Großeltern, die vermutlich den digitalen Anschluss verpasst hatten. Die meisten Menschen gingen wortlos an ihnen vorüber und bemerkten nicht einmal, dass dort jemand im roten Kostüm stand. Ihr Blick war in der Regel auf ihr Smartphone gerichtet oder hinter dem dunklen Glas einer 3D-Brille versteckt. Schon seit dem letzten Jahr wurde bei allen Weihnachtsmann-Agenturen diskutiert, die „echten" Weihnachtmänner abzuschaffen und sich ebenfalls der App anzuschließen.

Olaf bemerkte den Blick seines Freundes. „Lasst eure Köpfe nicht hängen", ermutigte er seine Kommilitonen. „Wenn wir schon nicht an Weihnachten glauben, wer denn sonst? Wir sind doch die Weihnachtsmänner." Sein Lächeln wurde breiter und er signalisierte der Bedienung, dass er auch solch ein köstliches Heißgetränk wie Björn haben wollte.

„Ja, sicher!", stöhnte Inga. „Aber was willst du machen? Mittlerweile benutzen doch alle nur noch diese App und alle wollen nur noch sehen, welche tollen Sachen sich der „App Man" wieder ausgedacht hat. Selbst in meinem Lieblingsladen steht schon so ein zwei Meter hoher Flatscreen, der den App Man in voller Größe zeigt. Und wie du dir denken kannst, sind alle hin und weg. Mein Bruder hat die App auch schon. Der App Man zeigt dir, wo du die Geschenke bekommst, die du zu suchen glaubst. Die App navigiert dich hin, erinnert dich an alle Geschenke für deine Verwandten, und jeden Tag gibt es ein besonderes virtuelles Geschenk für dich, vorausgesetzt, du bleibst eingeloggt. Du kannst dir sogar den individualisierten Tannenbaum laden. Der ist dann genau nach deinen Vorgaben geschmückt. Die App organisiert mittlerweile deinen kompletten Alltag. Letztes

Jahr hat sich mein Bruder über sein Geschenk so gefreut wie sonst nie. Er hatte von der App einen Link zu einer Webseite bekommen, auf der man Menschen „followen" kann, die die App das ganze Jahr nutzen und zeigen, wie toll es ist, von der App durch den Tag geleitet zu werden. Seitdem loggt er sich nicht mehr aus! Schrecklich!" Björn versank noch tiefer in seinem Becher. Die Tasse war fast leer.

„Ja, auch ich kenne viele Weihnachts-Apper oder, besser, Dauer-Apper. Aber ich denke auch, dass jetzt wieder Zeit sein muss für echte Weihnachten! Wir müssen etwas unternehmen", schlug Olaf vor.

Inga zuckte die Schultern. "Und was?", fragte sie resigniert. "Willst du einfach zu den App-Entwicklern gehen und sagen: Entschuldigung, eure App scheint die Leute zu verwirren und macht sie zunehmend realitätsfremd. Könntet ihr die App bitte abschalten und auf die Millionen Werbeeinamen, die euer Geschäft mit sich bringt, verzichten?"

Olaf grinste. „Nein! So schaffen wir es wohl nicht. Die werden uns nicht mal zum Gespräch empfangen. Aber du weißt doch, was schon Grace Hopper sagte: Es ist viel einfacher, sich hinterher zu entschuldigen, als vorher um Erlaubnis zu bitten. Ich habe eine Idee und zusammen können wir es schaffen!" Die Kellnerin stellte Olafs heiße Schokolade mit Sahne auf den Tisch. Er hob den Becher und prostete seinen Freunden mit einem selbstsicheren Lächeln zu.

Kapitel 2

Zwei Tage später verabredeten sich Olaf, Inga und Björn unweit des Haupteingangs des Victoria Towers, eines Hotels im Nordwesten der Stadt. Alle sollten sich alltagstauglich kleiden und auf jeden Fall ihre Mobiltelefone vor dem Losfahren zu Hause ausschalten sowie die Akkus herausnehmen, damit man ihnen im Falle einer späteren Ermittlung nicht über die Erstellung eines Bewegungsprofils auf die Spur kommen könnte. Olaf hatte sie deutlich angewiesen. Er hatte einen konkreten Plan, den er ihnen bei diesem konspirativen Treffen erklären würde.

Erwartungsvoll sahen Björn und Inga ihren Freund Olaf an, der mit dem Fahrrad gekommen war, das er im schwachen Lichtkegel der Straßenlaterne an einem Fahrradständer angeschlossen hatte. Es war bereits dunkel. Über seinen Schultern trug er drei kleine

Rucksäcke. „Ok, seid ihr bereit?", fragte er in die Runde. „Wenn wir jetzt loslegen, gibt es kein Zurück mehr", unterstrich er seine Frage und schaute mit ernster Miene in die Gesichter seiner Freunde. Beide nickten erwartungsvoll

Olaf nahm den Anhänger seiner Halskette fest in die Hand und drückte auf die goldene Schlittenkufe, an deren Ende ein kleiner Diamant in Form einer Schneeflocke funkelte. Ein Unikat, das er von seinen Großeltern bekommen hatte. Es war sein Glücksbringer. Er verstaute den Anhänger wieder sorgfältig unter seinem Pullover. „Dann lasst uns loslegen. Jeder von euch bekommt einen Rucksack mit Werkzeug und Ausrüstung, das wir später brauchen. Zudem habt ihr hier jeder eine Chipkarte. Mit der können wir den Tower durch den Seiteneingang betreten. Ich habe mich schon vor Tagen in das Serviceportal des Hotels gehackt und dafür gesorgt, dass wir heute als Reinigungskräfte für die Heizungsanlage und die dazugehörigen Kellergänge eingeteilt sind. Faktisch wurden diese Maßnahmen zwar schon vor einigen Tagen vollzogen, aber die Protokolle und Checklisten habe ich gelöscht. Wir brauchen also nicht wirklich zu putzen, um nicht aufzufallen, kommen aber in das Gebäude rein." Björn und Inga warfen sich fragende Blicke zu.

Sie konnten sich nicht vorstellen, warum sie in ein Hotel eindringen sollten, um auf diesem Weg etwas gegen die alles beherrschende Weihnachtsmann-App zu unternehmen. „Und warum genau wollen wir in das Hotel? Ich dachte, wir wollen etwas gegen die App unternehmen? Wie kann uns dabei der Heizungskeller eines Hotels helfen?" Die Fragen sprudelten regelrecht aus Inga heraus. Olaf hatte die Fragen erwartet: „Ganz einfach! Das Zauberwort heißt Ringfernwärme", strahlte er in die kleine Runde. Wohl wissend, dass seine Freunde mit diesem Begriff nichts anfangen konnten, setzte er seine Ausführungen fort: "Das Hotel wird unterirdisch mit Fernwärme versorgt. Sie wird über eine Ringleitung durch den Stadtteil Kista geführt. Wir können über den Keller des Hotels Zugang zu dieser Leitung bekommen und folgen ihr unauffällig im Serviceschacht. Sie läuft entlang der Arne Beurlings Torg, der Kistagängen, der Torsnäagatan und schließlich der Färögaten. Sein Blick fragte die Gesichter von Inga und Björn ab, als würde er in ihnen lesen können, ob sie nun verstanden hatten, warum sie sich mitten in der Nacht gute zwei Kilometer durch Stockholms verschmutzte Unterwelt quälen mussten. Und das auch noch einen Abend vor Heiligabend. Während Björns Stirn in tiefe, nachdenkliche

Falten gelegt war, holte Inga plötzlich tief Luft. Sie riss ihre Augen auf, ein Schmunzeln erhellte ihr Gesicht und sie nahm die Hand vor den Mund, um einen möglichen Glücksschrei zu dämpfen. Jetzt hatte sie verstanden. „Und genau dort steht der Kista Science Tower", flüsterte sie. Nun war auch Björn klar, worum es ging. Im Science Tower waren vielfältigste IT-Unternehmen untergebracht. Und dort war auch der Hauptsitz der Entwickler der Weihnachtsmann-App. Nun grinsten alle drei und ohne ein weiteres Wort zu sprechen, waren sie sich einig. Sie nahmen sich jeder ihre Baseball Caps aus dem Rucksack und zogen den Schirm tief ins Gesicht. Niemand sah mehr nach oben, damit die Überwachungskameras am Hintereingang des Victoria Tower nichts Verwertbares aufzeichnen konnten.

Kapitel 3

Der Weg durch Stockholms Unterwelt war beschwerlich und sie hatten Mühe, rechtzeitig zum Science Tower zu gelangen. Aber sie schafften es. Die letzten Mitarbeiter verließen pünktlich zur Nachtruhe das

Bürogebäude. Vorsichtig schraubte Björn die Unterverteilung im Keller auf. Hier verliefen die Datenleitungen des Sicherheitssystems des Towers. Sie warteten noch eine halbe Stunde, bis das Gebäude leer war. Dann platzierte Björn die kleinen Klemmen einer Videoleitung zielsicher an zwei Kontaktpunkten und begann, die zuvor aufgenommenen Videosequenzen vom mitgebrachten Rekorder in einer Schleife abzuspielen. Dem Wachpersonal würde nichts auffallen. Es würde weiterhin auf den Bildschirmen leere Büros und Treppenaufgänge sehen.

Auch die Bewegungsmelder konnte Björn als Student für IT-Sicherheit leicht deaktivieren. Die drei Freunde würden sich von nun an im Gebäude bewegen können, ohne einen Alarm auszulösen.

Olaf hatte sich den Grundriss des Towers gut eingeprägt. Sie mussten die Treppen nehmen, denn die Fahrstühle verfügten über ein eigenes Sicherheitssystem, das sie nicht deaktivieren konnten. Björn ging zuerst der Atem aus. "Sag mal, Olaf, in welches Stockwerk müssen wir eigentlich?", pustete er. „Nach ganz oben!", erwiderte der. Inga blieb stehen und warf Olaf einen wütenden Blick zu. "Wie bitte? Das Gebäude hat doch dreißig Stockwerke. Hättest Du das nicht vorher sagen können? Dann hätten wir trainiert oder so?"

Olaf lachte. „Ja, ja, oder so ... Es sind übrigens fünfunddreißig Stockwerke. Das Rechenzentrum für die Weihnachtsmann-App ist im dritten Stock, aber da ist alles abgeriegelt. In der Nähe der Sendeanlage auf dem Dach gibt es jedoch einen Nebenzugang, der auch eine direkte Verbindung zum Mainframe hat. Dort müssen wir hin. Und dann kommt deine Aufgabe, Inga." – „Wieso meine Aufgabe? Ich steige doch schon die Treppen hoch?" Inga war angespannt, doch Olaf beruhigte sie: „Mach dir keine Sorgen, du schaffst das schon. Ich habe den Plan, hier einzusteigen seit über einem Jahr vorbereitet. Björn hat die Sicherheitsanlage ausgeschaltet und du hilfst uns, an den eigentlichen Server zu gelangen. Da du eine Frau bist, kannst nur du es von uns dreien schaffen." Das beruhigte Inga jedoch gar nicht. „Was heißt das denn nun? Kannst du mir bitte mal genau erklären, was ich tun soll?" Olaf bemerkte ihre Nervosität und deutete mit einer schwungvollen Handbewegung an, sich zu beeilen, denn es lagen noch viele Stockwerke vor ihnen. Auch an Olaf ging diese Anstrengung nicht spurlos vorbei. Er holte Luft und erklärte: „Die elektronischen Zugänge zum Server sind bestens gesichert. Da kommen wir nicht so leicht ran. Aber es gibt eine Lücke: die Sprachsteuerung des Systems. Die Chefprogrammiererin Eva Lindström hat sich für bestimmte Routineaufgaben eine eigene Sprachassistentin programmiert. Darüber bekommen wir Zugang. Da nur Eva sie benutzt, hat sie wenig Entwicklungsaufwand in die Sicherheit der Spracherkennung gesteckt. Es wird lediglich geprüft, ob es eine Frauenstimme ist. Da Eva nur männliche Programmierer für die Weihnachtsmann-App eingestellt hat – das ist irgend so ein fixer Gedanke von ihr – wurde nicht über weitere Sicherheitskriterien nachgedacht. Du brauchst lediglich einige Texte zu sagen, die ich dir vorbereitet habe, und während du sprichst, musst du einige Codezeilen in Echtzeit umprogrammieren. Dabei musst du einfach schneller sein als der Sprachinterpreter. Da du die Schnellste im Programmieren bist, die ich kenne, schaffst du es ohne Probleme."

„Wow! Ich bin die Schnellste? Das beindruckt mich."
In Ingas Kopf schwirrten mindestens tausend Fragen umher. Sie wusste nicht, ob sie in Anbetracht einer so wichtigen Aufgabe einfach umkehren sollte, um zu flüchten, oder ob sie Olaf Vorwürfe an den Kopf schmeißen sollte, weil er sie nicht vorher eingeweiht

hatte. Sie war jedoch vom Treppensteigen so sehr aus der Puste, dass der Luftmangel ihr jede weitere Diskussion unmöglich machte. Sie würde weitermachen und mithelfen, die Weihnachtsmann-App endlich zu deaktivieren. Zudem kannte sie ihre Mitstreiter schon lange genug, um ihnen zu vertrauen.

Kapitel 4

Als sie im Nebenraum unterhalb der Antennen angekommen waren, verlief alles wie geplant. Björn hatte das Sicherheitssystem für die lokale Zutrittskontrolle deaktiviert. Olaf hatte einen Stick an seinen Laptop gesteckt und diesen über ein Patchfeld ins lokale Netzwerk eingebunden. Sein Programm startete automatisch und Inga musste nun Sprachbefehle nach Anweisung aufsagen, während sie einige Quellcodezeilen anpasste. Sie änderte Daten, öffnete Kapselungen und schleuste schließlich einen Trojaner ins System der Weihnachtsmann-App ein. Es dauerte eine gute Stunde, bis sie fertig war. Auf Olafs Laptop tauchte in der Weihnachtsmann-App der App Mann auf, bedankte sich für die Wartung und bestätigte die neue Programmänderung. Sie hatten es geschafft. Olaf grinste vor Freude. So hatte er sich das vorgesellt. Die App, die ihren Benutzern jeden Wunsch von den Lippen abliest, war auch bei ihrer Selbstzerstörung hilfsbereit. Er schaute seinen Freunden ins Gesicht. „Ich glaube, es hat alles geklappt. Noch heute Nacht startet die App für alle Benutzer neu. Jetzt müssen wir uns an den letzten Teil machen. Wir wollen doch nicht, dass ganz Stockholm am Heiligabend ohne Weihnachtsmann dasteht. Wir werden morgen in unseren Kostümen wieder viel Arbeit haben!" Inga und Björn lachten und machten sich auf den beschwerlichen Rückweg. Die Treppen hinunterzugehen war noch einfach, auch die Demontage der zuvor angebrachten Geräte, aber die lange Strecke vom Science Tower unter der Erde zurück zum Victoria Tower kam ihnen unendlich lang vor.

Am Ziel angekommen, schneite es heftig. Die Straßen waren mit weißem Schnee überzogen und viele große Schneeflocken schwebten sachte zur Erde. Björn und Inga froren. Es war Zeit, heim zu fahren. Die Nacht würde kurz werden. Olaf nahm alle drei Rucksäcke wieder an sich und versicherte sich, dass Inga und Björn wussten, was am nächsten Morgen zu tun sei. Dann umarmte er die beiden Freunde. „Das ist das Größte, was man machen kann!" Er machte eine

Pause. Ihr wart wirklich klasse! Ohne euch hätte ich das nicht geschafft. Denkt bitte daran: Falls es Probleme gibt, dann kennt ihr mich nicht. Auf euch wird niemals jemand kommen. Alle Transaktionen laufen über meinen Namen und meine Server. Denkt bitte immer daran: Ihr dürft niemals eine Beteiligung zugeben!" Er blickte ungewöhnlich ernst drein. „Aber es wird bestimmt nicht schiefgehen. Schließlich retten wir die Welt!", scherzte er mit einem knappen Lächeln und erneut nahm er seine Freunde fest in die Arme, als würde es das letzte Mal für lange Zeit sein.

Inga und Björn empfanden plötzlich eine wohltuende Wärme und ihnen war nicht mehr kalt. Sie hatten das Richtige getan. Olaf stieg auf sein Fahrrad und verschwand in der eisigen Nacht. Seine Reifen hinterließen keine Spuren im Schnee. Doch das bemerkten seine Freunde nicht. Sie beeilten sich, den Bushalteplatz an der nächsten Hauptstraße zu erreichen.

Kapitel 5

Genau um sechs Uhr morgens erwachte Inga durch das schrille Piepen ihres Weckers. Sie überlegte kurz, ob sie alle Ereignisse der letzten Nacht nur geträumt hatte. Doch kaum hatte sie ihre Augen geöffnet, sah sie ihre Kleidung neben dem Bett liegen und erinnerte sich daran, dass alles real gewesen sein musste. Auf dem Flur hörte sie bereits Stimmen. Schwungvoll warf sie sich ihren Bademantel über und trat in den Flur hinaus. „Was ist denn hier los?", fragte sie überrascht und blickte in die Augen ihrer Mutter und ihres Bruders Hark. Um diese Zeit waren die beiden sonst noch nicht wach. „Oh Mann, du glaubt es nicht! Ich weiß gar nicht, was los ist! Ich soll mindestens hundert Lussekatter backen. Also wirklich reale Lussekatter, mit echtem Safran und so! Keine zusammengeklickten. Ich hab´ das noch nie gemacht und deshalb habe ich Mama geweckt. Sie muss mir helfen." Hark war offenbar völlig aus dem Häuschen. Inga hatte ihn noch nie beim Backen gesehen. Klar, dass er damit überfordert war. Von dem leckeren Weihnachtsgebäck hatte Mutter zwar immer zu den Feiertagen welche zum Frühstück gebacken, aber niemals hundert Stück. Wer sollte die auch essen? Inga hakte bei ihrem Bruder nach. "Was meinst du damit, dass du backen musst? Wer sagt das?" Hark hatte inzwischen sein Handy von der kabellosen Ladestation gerissen und fingerte hektisch auf dem kleinen Display herum.

„Immer noch keine neue Antwort vom Support. Ich hatte schon heute Nacht bei denen nachgefragt, ob das wirklich sein kann. Aber da kommt nichts von denen." Sein Finger hüpfte noch heftiger auf dem bunten Display herum. Ingas Mutter klärte nun auf: „Es ist die Weihnachtsmann-App. Irgendwann in der Nacht hat die App angeordnet, dass Hark heute backen soll. Er versteht nicht, warum. Erst wollte er das virtuell regeln und sich das Gebäck zusammenbestellen. Aber das hat nicht funktioniert. Die App sagt, wenn er nicht heute Nachmittag pünktlich um fünf Uhr mit den Lussekatter im Zentrum erscheint, würde die App alle seine Bonuspunkte einziehen und den Account auf irgendein Low Level setzen oder so. Also hab´ ich schon mal zu backen angefangen. Und jetzt haben wir weder genug Teig noch Safran. Über die App war kein Bestellen möglich, und nun muss jemand los und einkaufen. Kannst du nicht gleich losgehen?" Inga unterdrückte ihr Grinsen. „Also, na klar, ich mach´ das. Wenn die App das sagt, werde ich es ja wohl noch vor der Arbeit schaffen." Sie boxte ihren Bruder freundschaftlich in die Rippen. „Und du solltest dein Telefon zur Seite legen und deiner Mutter helfen. Es ist Weihnachten! Los, komm!" Hark stellte das Gerät auf die Ladestation zurück und eilte zu seiner Mutter. Inga erfrischte sich im Bad und war um Punkt sieben Uhr im Supermarkt. Sie hatte noch nie einen so vollen Supermarkt am Heiligabend gesehen.

Die Leute kauften die merkwürdigsten Zutaten und sprachen von einer möglicherweise fehlerhaften App. Aber alle wollten ihre Bonuspunkte nicht verlieren. Einige hatten Angst, dass man ihren Account sperren würde. Alle sollten um fünf Uhr im Zentrum auf dem großen Platz erscheinen, dann würde die App Weiteres verkünden. Inga besorgte die fehlenden Zutaten und brachte sie nach Hause.

Während eines knappen Frühstücks mit ihren Eltern berichtete sie von ihren Erlebnissen im Supermarkt. Im lokalen Fernsehen wurde bereits von einem möglichen Fehler in der App berichtet. Ein amüsierter Reporter empfahl, die Anweisungen der App zu befolgen. Man habe bisher noch niemanden im Science Tower erreicht, würde aber sofort berichten, wenn es Neuigkeiten gäbe.

Inga platzte vor Neugier. Nach dem Frühstück war sie in die Weihnachtsmannagentur geradelt. Hier würde sie Björn und Olaf treffen und dann bis abends Weihnachtsmann-Schicht haben. Aber vor allem sollte Olaf nun endlich berichten, was er sich für die App noch ausgedacht hatte. Gestern wollte er nicht ins Detail gehen und meinte, es würde alle überraschen. Als sie nach dem Umziehen in ihrem Kostüm in die Lobby der Agentur trat, war Björn bereits da. Er kam sofort lachend auf Inga zu.

„Ist das nicht der Wahnsinn? Alle Leute machen die verrücktesten Dinge. Bei uns im Haus und in der ganzen Straße ist alles bunt geschmückt, bis hoch zum Zentrum. Mein Onkel rief mich heute Morgen an, ob er nicht unsere alten Weinfässer ausleihen kann. Er würde gern mit seiner Community heute Abend im Zentrum Glühwein verteilen. Mensch, Inga! Die ganze Stadt ist auf den Beinen! Auf dem Weg hierher habe ich gesehen, dass die Stadtbeamten spontan die Innenstadt absperren. Es müsse alles für das Fest vorbereitet werden. Im Radio erzählen sie, dass alle über die App informiert wurden, für Stockholms größte Weihnachtsfeier heute Abend im Zentrum etwas beizutragen. Wo ist denn Olaf? Hat er sich schon sein Kostüm geholt?" Inga sah sich um, konnte Olaf jedoch nicht entdecken. Das war merkwürdig. War er vielleicht schon früh hier gewesen und bereits als Weihnachtsmann unterwegs? Oder war man ihm vielleicht auf die Schliche gekommen und er wurde bereits von der Polizei verhört? Sie schritt zum Anmeldetresen der Agentur, um den jungen Mann, den sie dort noch nie zuvor gesehen hatte, zu fragen, ob der Kollege Olaf Svenson schon eingebucht war oder schon sein Kostüm abgeholt hatte. Genervt tippte der Unbekannte auf der Tastatur seines PC. „Nee, keine Ahnung! Einen Olaf Svenson haben wir nicht im System. Aber du und dein Kumpel, ihr müsst jetzt in die Stadt. Hier sind die großen Säcke mit Spielzeug und Gebäck. Wurde gerade alles über den App-Lieferservice hergebracht und soll heute noch verteilt werden. Also los! Raus mit euch!" Am Tresen herrschte großes Gedränge. Offenbar waren alle Weihnachtsmänner der Agentur auf den Beinen. Inga und Björn konnten gerade noch ihre Säcke greifen. Aus dem Gemurmel der anderen war zu hören, dass einige zum ersten Mal hier waren, weil die App anzeigte, sie sollten heute Weihnachtsmann spielen. Es war ein großes Durcheinander.

Björn und Inga machten sich auf den Weg. Sie versuchten, Olaf auf dem Handy zu erreichen, bekamen aber immer nur die automatische Ansage, dass diese Telefonnummer nicht vergeben sei. Voller Sorge trafen sie pünktlich im Zentrum der Stadt ein. Der Anblick überwältigte sie. Wie war das möglich? Alles war wunderbar geschmückt. An jeder Ecke waren Menschen zu sehen, die zusammen etwas auf die Beine stellten: Buden mit Gebäck, warme Getränke. Kinder sangen gemeinsam. Die Geschenke aus den Säcken wurden Inga und Björn mit großer Dankbarkeit abgenommen. Kurz vor fünf platzte die Innenstadt aus allen Nähten. Von Olaf war immer noch keine Spur. In einer Stunde würde die Schicht zu Ende sein und Björn und Inga würden Olaf suchen gehen.

Plötzlich wurde es ruhig. Alle zählten die letzten zehn Sekunden bis zur vollen Stunde herunter. Dann war es ganz still. Jeder starrte gebannt auf sein Handy oder auf einen der riesigen Flat Screens, die rund um den Platz aufgebaut waren.

Es fing an zu schneien. Auf den Screens zeigte sich die App in gewohnter Weise. Die Weihnachtsmann-App wünschte allen wunderschöne Weihnachten und bedankte sich für die tolle Unterstützung. Dies sollten die schönsten Weihnachten sein, die alle je erleben könnten, sagte sie, doch es würde von nun an eine Änderung geben. Die App würde sich abschalten, da sie nicht mehr nötig sein. Die Menschen sollten sich umsehen, sie sollten mit dem Herzen sehen und mit den Sinnen die Köstlichkeiten um sich herum genießen.

Sie seien es, die das Leben und Weihnachten überhaupt möglich machten. Die App sei nur ein Programm, das nun beendet werde. Dann wurden alle Bildschirme dunkel.

So genau weiß heute niemand mehr, wie lange es still war, bis die Menschen merkten, dass es schneite. Aber alle erinnern sich noch an den hellen Silberschweif am Himmel, der mit einem Goldregen aus Feuerwerk die Stadt zum Glänzen brachte. Angeblich soll dem Schweif ein Schlitten mit goldenen Kufen vorweggeflogen sein, der goldig glitzernde Schneeflocken auf die Menschen ausschüttete. Jeder versuchte, eine davon zu greifen.

Von dem Tag an lernten die Menschen wieder, ohne App auszukommen. Sie errichteten jedes Jahr in der Innenstand einen Weihnachtsmarkt und feierten Weihnachten zusammen. Und jedes Jahr schaut Inga nach oben in den Himmel. Dabei hält sie die goldene Schlittenkufe fest, die damals zwischen den goldenen Schneeflocken vom Himmel genau in ihre Hände gefallen war. Der kleine Diamant an der Kurvenspitze funkelt wunderschön. Selbst wenn sie und Björn nie herausgefunden hatten, was mit Olaf passiert war, glaubten sie dennoch fest daran, dass er es gut hatte.

Die Augen meines Freundes

Schon den ganzen Tag plätschert weihnachtliche Musik aus den kleinen Lautsprechern unter der Decke des festlich geschmückten Aufenthaltsraums, um in den überwiegend alten, teils tauben Ohren zu versickern. So wie gestern und den Tagen davor, den Tagen der letzten vier Wochen. Oder waren es bereits Jahre? Ich kann mich nicht genau erinnern, obwohl doch meinen Ohren und Augen kaum etwas entgeht.

Ich sehe, dass das Personal jetzt zum Höhepunkt der jährlichen Feierlichkeiten nur noch aus wenigen Mitarbeitern besteht. Ich höre die Reifen der Rollstühle, deren Gummiprofil auf dem pflegeleichten PVC-Boden bei jeder Lenkbewegung quietscht. Die Musik wird von einem schwachen Hilferuf unterbrochen, der sich alle zwei Minuten monoton wiederholt, als würde er auch von einem Band abgespielt werden. Ich höre das gleichmäßige Röcheln meines Bettnachbarn. Dann öffnet sich die Tür, die Musik wird lauter und ich höre Schritte auf mich zukommen. Ein kurzer Ruck erschüttert mich und die kleinen Reifen meines Bettes lassen auch mich über das PVC gleiten. Nun werde ich abgeholt und in den großen Saal gefahren. Heute ist Heiligabend. Das Bett kommt nach einigen Metern zum Stehen. Der Helfer schenkt mir ein Lächeln. Er schaut mir kurz in die Augen, seine Hand streicht mir über die Stirn. „Ja, richtig!", denke ich. Die Locke kitzelt mich schon lange auf der Stirn. „Danke, vielen Dank!", denke ich und meine Augen geben ihr Bestes, um meinen Dank in einem Lidschlag auszudrücken. Dann höre ich das vertraute Brummen des kleinen Elektromotors, der meine Rückenlehne höherstellt. Der Helfer fragt mich, ob die Position gut für mich sei und ich sehen könne. Ich blinzele zur Bestätigung. Eine andere Möglichkeit der Kommunikation habe ich mit meinem Locked-in-Syndrom nicht. „Gleich geht es los", höre ich ihn noch sagen, bevor sein Gesicht sich wieder entfernt und den Blick auf einen festlich geschmückten Weihnachtsbaum freigibt.

Ich bin begeistert. Ich erkenne bunte Kugeln, grüne Tannenzweige und etwas Lametta. An den Ästen sind elektrische Kerzen befestigt, die hell leuchten. Auf einem Zweig steht ein kleiner, bunter Schlitten. Unter dem Baum ist eine Krippenszene aufgebaut und darum verteilt liegen bunte Geschenke. Ein kleiner Holzweihnachtsmann steht daneben. Ich male mir Geschichten aus. Was würde passieren, wenn der Schlitten fahren würde, wenn der Weihnachtsmann sich bewegen könnte. So wie ich mir jeden Tag vorstelle, dass ich mich bewegen könnte und nicht an das Bett gefesselt wäre. Das Quietschen der Reifen hört auf. Nun sind alle angekommen und rund um den Baum verteilt. Im Augenwinkel sehe ich einige der Rollstühle und die, die sie transportieren. Manche Bewohner sind neu, manche kenne ich vom letzten Jahr. Die Körper sind alle in Decken eingewickelt. Für einen Moment ist es still geworden.

Die Tür des Saals öffnet sich und ich höre schwere, lange Schritte, denen viele kleine Schritte folgen. Meine Augen sehen noch nichts, aber meine Ohren hören, wie der Weihnachtsmann den Raum betritt und ihm die Flötenspielerinnen folgen. Alle nehmen ihre Position ein und dann wird es ruhig. Es folgt die Ansprache der Heimleitung, die nach wenigen Worten ihren Ausklang in einem schwer erträglichen Flötenkonzert findet. Blockflöten mochte ich noch nie. Die pfeifenden Töne schmerzen in meinen Ohren. Doch meine Augen sehen junges Leben, Begeisterung und die strahlenden Gesichter der Musiker, deren Facettenreichtum mich die nächsten Wochen und Monate begleiten wird. Mit denen ich in Gedanken über ihr Leben sprechen werde. Ich stelle mir ihre Sorgen, Nöte und Erlebnisse bis ins Detail vor. Ich habe Zeit und werde mir geduldig alles anhören, miterleben und vielleicht Ratschläge geben können. Auf diese Weise ist es mir möglich, mit ihnen an ihrem Leben teilzuhaben und meinem Leben einen Sinn zu geben. Ich sauge jede kleine Mimik mit meinen Augen auf und speichere alles ab.

Der Pastor hat sich inzwischen eingefunden. Er steht außerhalb meines Sichtfeldes. Mir bleiben nur seine Worte, die ich sorgfältig aufnehme. Geduldig warte ich, bis er sein Gebet mit einem „Amen" abschließt, denn jetzt gibt es Bescherung.

Der Pastor verlässt zügig den Raum. Beim Schließen der Haupteingangstür erfrischt mich ein kurzer, kühler Luftzug. Nun ist es so weit. Der Weihnachtsmann spricht einige Worte der Begrüßung. Dann geht er von Bett zu Bett und von Rollstuhl zu Rollstuhl, um jedem mit seiner tiefen Stimme ein schönes Fest zu wünschen. Dabei überreicht er kleine Geschenke. Sein weißer Bart ist natürlich nicht echt, macht ihn aber zu einem Weihnachtsmann, wie ich ihn mir vorstelle. Schließlich erwartet jeder von einem Weihnachtsmann, dass er einen solchen Bart trägt. Sein Geschenkesack ist bestens gefüllt.

Eine neue Körperlotion, ein kleines Kuschelkissen oder ein Paar Handschuhe. Geduldig warte ich ab, bis ich an der Reihe bin. Mir legt er die Hand auf die Stirn und nimmt einen weichen Frotteewaschlappen aus seinem Geschenkesäckchen. Er hält ihn so hoch, dass ich ihn gut sehen kann und erklärt mir, dass dieser Waschlappen mir die tägliche Gesichtspflege verbessern solle, da er ganz besonders weich und angenehm sei. Ich lächle in Gedanken und mir wird warm ums Herz. Ja, das stelle ich mir auch so vor. Auch wenn ich nicht sicher sein kann, dass sich die wechselnden Helfer und Pfleger Tag für Tag an diesen traumhaft weichen Lappen erinnern würden. Aber meine Augen haben ihn gesehen und in meinen Kopf aufgesogen. Dort wird er sein und niemand kann ihn mir jetzt mehr nehmen. Wir blicken uns noch einen Moment vertraut an, als würden wir uns seit vielen Jahren gut kennen. Er schaut in meine Augen und ich schaue in seine Augen. Tief und warm und verstehend und beruhigend. Wie im letzten Jahr. Er blinzelt mit einem langsamen, verständnisvollen Lidschlag. Mir wird noch wärmer ums Herz. Ich fühle, dass er genau versteht, was ich denke, und meine Situation kennt, wie ein Vertrauter, wie ein Freund.

Ich erinnere mich an meine Zeit als Weihnachtsmann, als ich selbst noch die vielen Familien besucht hatte, und später auch die Alten und Behinderten im Pflegeheim. Vielleicht würde ich den Weihnachtsmann im nächsten Jahr wiedersehen. Meine Augen würden seinen Augen wieder begegnen. Dann würde ich meinen vertrauten alten Freund wiedersehen.

Zumindest für einen weihnachtlichen Augenblick.

Ein Telegramm zum Fest

Kapitel 1

Schon seit Tagen rieselte Schnee vom Himmel. Ich genoss es, wenn unser Vater meine Schwester und mich auf dem Schlitten zog. Auf dem kleinen See im Stadtpark vor dem Hause wuchs bereits eine dünne Eisschicht und ein behelfsmäßiges Warnschild verbot das Betreten. Vor einer Woche hatten wir ein Weihnachtsbäumchen gekauft und es festlich geschmückt. Wir freuten uns auf ein beschauliches Fest in kleinem Kreise. Der Baum passte bestens zu unserem Vorhaben.

Es war der Tag vor Heiligabend. Mutter räumte die Reste des Abendessens ab und Vater hatte sich nach einer heißen Dusche einen Bademantel über den Schlafanzug gezogen. Entspannt saß er im Sessel und warf einen Blick in die Abendzeitung. Er erlaubte mir, später noch mit meiner Spielekonsole zu spielen, doch erst sollte ich meiner kleinen Schwester Klara beim Zähneputzen helfen. Klara spülte gerade ihre Zahnbürste aus, als es klingelte. Neugierig eilten wir alle zur Haustür. Es war ungewöhnlich, dass sich jemand am Weihnachtsvorabend zu uns verirrte. Vater öffnete die Tür. Im Eingang stand ein junger Mann im wetterfesten Mantel des städtischen Kurierdienstes. Mit dicken Handschuhen zerrte er einen Brief aus seiner wasserabweisenden Tasche. Vater nahm den Umschlag und quittierte den Empfang. Mit einem Weihnachtsgruß verabschiedete sich der Mann und verschwand genauso plötzlich, wie er gekommen war.

Vater schloss die Tür und schickte uns in die warme Küche. Auf dem Weg stoppte Telefonklingeln unsere neugierige Karawane. Vater stöhnte überrascht: „Es kommt aber auch alles auf einmal. Wer mag das sein?".

Er hob im Vorbeigehen das Mobiltelefon mit der linken Hand von der Ladestation, schob uns weiter in Richtung Küche und drückte gespannt auf die grüne Annahmetaste. Nebenher fingerte er mit der rechten Hand ein Messer aus der Küchenschublade und ließ es zusammen mit dem Brief schwungvoll über den Küchentresen zu meiner Mutter gleiten. „Ja bitte", schmetterte er gut gelaunt ins Telefon, während Mutter den Brief öffnete.

Aus den lebensfrohen Gesichtern meiner Eltern wich jegliche Farbe. Hilflos lauschte Vater der blechernen Stimme aus der Leitung, die eine Frage nach der anderen stellte, ohne die Antwort abzuwarten. Mehrfach startete er einen Versuch, den Wortschwall zu unterbrechen, indem er „Nein, geht nicht ...", oder „Wir können doch jetzt nicht ...", einwarf. Auch eine höfliches „Liebste, wir sollten doch erst einmal ...", war vergebens. Unruhe stieg in ihm auf. Nach weiteren erfolglosen Versuchen, die Gesprächsführung zu übernehmen, drückte mein Vater verzweifelt auf die rote Taste.

„Mama, wer hat angerufen und wer hat den Brief geschrieben?", brach Klara das Schweigen. Mutter legte das Telegramm auf den Tisch und las vor:

LANDE 6 UHR PM. BRINGE GUSTAV UND ELSBETH MIT. STEFFEN IST INFORMIERT UND KOMMT MIT GATTIN. BLEIBEN 2 WOCHEN.

KÜSSCHEN BUSTA

Tante Busta Butterfield aus Boston war Papas Erbtante. Sie kam so gut wie nie nach Deutschland. Mein Vater vermied es, sie zu besuchen. Er sagte immer, dass sie zwar steinreich sei, aber nur Probleme verursache und praktisch nie aufhöre zu reden. Graf Gustav und Gräfin Elsbeth wohnten bei Tante Busta in ihr ihrem Schloss. Es sei groß genug und so hätte sie immer jemanden zum Reden. Onkel Steffen und Tante Gertrud hingegen lebten in unserer Nähe. Sie pflegten beste Beziehungen zu Tante Busta. Das letzte Mal, dass wir uns mit ihnen getroffen hatten, war vor fünf Jahren zum Weihnachtsfest gewesen. Mittendrin hatten sich alle heftig zerstritten. Danach hofften wir, sie nicht so schnell wiederzusehen. Tante Busta hatte damals versehentlich den Weihnachtsbaum in Brand gesetzt. Beim Vortragen eines selbstverfassten Gedichtes hatte sie ein Glas Schnaps auf die brennenden Kerzen gekippt, weil sie wie immer wild gestikuliert hatte, um das holprige Versmaß ihres Kunstwerks zu untermauern. Als Folge hatten wir den Abend im Krankenhaus verbracht und uns später davongeschlichen, um weiteren Streitigkeiten zu entgehen. Seitdem hatten wir keinen Kontakt mehr zu unserer Großtante gehabt.

Es dauerte ein paar Sekunden, bis Vater wieder sprechen konnte. Sein Blick wanderte nervös vom Telefon zum Telegramm. Ich konnte sehen, wie er überlegte, was nun alles zu tun sei, während er in knappen Worten den wirren Inhalt des Telefonates wiedergab: „Sie fragte, ob wir das Telegramm nicht bekommen hätten. Nun stehe sie am Flughafen und wolle wissen, warum wir noch nicht da sind, um sie abzuholen. Außerdem hätte sie mit Tante Gertrud gesprochen. Sie seien sich schon seit Wochen einig, dass wir wieder mal alle zusammen feiern sollten. Und warum nicht gleich bei uns? Und sie fragt, ob wenigstens die beiden schon angekommen seien. Und dann sagte sie, dass wir sie im Einkaufzentrum am Flughafen treffen sollen, weil sie noch eine Überraschung für unser gemeinsames Fest besorgen möchte." Vater holte Luft und nannte weitere Details, die Tante Busta eingefallen waren und deren Bekanntgabe offenbar keinen Aufschub duldete, wie die verschneite Wetterlage, die fehlende Weihnachtsbeleuchtung in Flugzeugen und der einfache Kleidungsstil des Bodenpersonals.

Seine Stimme klang wieder ruhiger und mir wurden zu dem Zeitpunkt zwei Dinge klar: Weihnachten würde dieses Jahr anders ablaufen, als wir uns das noch vor wenigen Minuten gedacht hatten, und ich würde an diesem Abend nicht mehr an meiner Konsole spielen können. Dann klingelte es erneut an der

Haustür. Onkel Steffen und Tante Gertrud waren eingetroffen.

Kapitel 2

Die Weihnachtsüberraschung war Tante Butterfield gelungen. Wir hatten seit ihrem Anruf jede Menge zu tun. Onkel Steffen und Tante Gertrud bekamen zunächst heißen Tee. Mutter flitzte durchs Haus, um das Gästezimmer herzurichten. Das alte Doppelbett im Spitzboden war schnell bezogen. Für Elsbeth und Gustav sah sie das ausziehbare Sofa in der Stube vor, Tante Busta sollte auf einem der alten Feldbetten im Keller schlafen. Vater fuhr sofort zum Flughafen und war in Windeseile zurück. Doch kaum hatte Tante Busta unser Haus betreten, dirigierte sie um: Das Wohnzimmer würde für die Festlichkeiten benötigt und sei nicht zum Übernachten geeignet. Daher quartierte sie ihr adliges Gefolge ins komfortable Doppelbett im Spitzboden ein. Man müsse den Alten einen Rückzugsort gewähren, ordnete sie fürsorglich an. Onkel Hermann und Tante Gertrud bezögen die Feldbetten im Keller, ihr reiche eine Luftmatratze im Schlafzimmer meiner Eltern.

Gustav und Elsbeth sagten kaum etwas. Ihnen kamen lediglich hin und wieder betonte „Gediegen, sehr gediegen!", über die Lippen, als verständen sie kein Wort von dem, was wir sagten.

Wir tauschten Höflichkeiten aus und bekräftigten immer wieder, dass es ja so unglaublich toll sei, sich wiederzusehen, organisierten für alle einen kleinen Imbiss und verabredeten, am nächsten Tag zeitig aufzustehen. Um Mitternacht lagen wir endlich im Bett.

Am Morgen traf ich im Badezimmer auf meinen Vater. Sein Kopf lehnte gegen den Spiegel und mit geschlossenen Augen schob er seine Zahnbürste auf und ab. Er hatte kein Auge zubekommen. Tante Busta schnarchte. Außerdem weckte sie ihn schon vor sechs Uhr. Es gäbe viel zu tun, da um acht Uhr doch die Handwerker vom Einkaufszentrum kämen.

Ehe er ins Bad gehen konnte, hatte sie ihm aufgetragen, Platz im Wohnzimmer zu schaffen und unseren Weihnachtsbaum abzuschmücken. Der Baum sei viel zu klein für eine große Familienfeier. Nach kurzer Diskussion hatte er nachgegeben. Er stellte den Baum in den Vorgarten und war für die nächsten zwanzig Minuten von Aufträgen befreit, um sich für den Tag frisch machen zu können.

Ich huschte geschwind unter die Dusche, putzte zeitgleich meine Zähne und steckte im Handumdrehen in meinem feierlichsten Anzug, wie es sich Tante Busta gewünscht hatte. Als sie mich sah, strahlte sie erfreut und gab mir ein großes Kompliment für mein pünktliches Erscheinen. Schon klingelte es an der Haustür. Ich öffnete und starrte in die Augen von vier müden Handwerkern, die über ihren Auftrag offenbar nicht begeistert waren.

„Moin", kam dem ersten knapp über die Lippen. Ein rüstiger Mittfünfziger faltete einen Arbeitsauftrag auseinander und setzte eine Lesebrille auf. „Wir sollen hier einen vier Meter hohen Weihnachtsbaum aufstellen und dekorieren. Die Deko liegt bei. Die Krippe in ...", er schob seine Brille zurecht, um sich sicher zu sein, dass er richtig las, „... in Originalgröße mit Beleuchtung aufstellen. Einen Gaskamin Modell ‚Lagerfeuer-Idylle' aufstellen, der leihweise für zwei Wochen bleiben soll, einen XXL-Expressbräter in Betrieb nehmen und Lebensmittel wie folgt aus dem Kühlwagen in die Küche liefern: zwei große Gänse, ein Fässchen Rotkraut, einen Sack Kartoffeln und ...", er blätterte um, „Geschenkware anliefern. Zudem im Außenbereich die Weihnachtslandschaft ‚Santa Claus und seine Rentiere' aufbauen und eine bunte Lichterkette 300 Meter über das Haus spannen. Ist das richtig?" Er blickte mich an, wurde aber sofort von Tante Busta abgefangen, die ihn und seinen Trupp in das halbleer geräumte Wohnzimmer zog.

Wie ein Polier auf einer Großbaustelle gab sie den Herren Anweisungen. Der Gaskamin gehöre an die freie Wand. Die Tanne links neben das Fenster, aber nicht zu dicht an die Wand, die Geschenke darunter und die Krippe daneben. Dem Handwerker fiel gleich auf, dass der Platz im Wohnzimmer nicht ausreichen würde, und es entstand eine rege Diskussion über Aufstellvarianten, der ich nicht folgen konnte. Inzwischen waren meine Eltern und Klara im Badezimmer fertig. Die Kleine hüpfte aufgeregt die Treppen hinunter und mischte sich neugierig unter die Handwerker.

Meine Tante zog alle Menschen um sich herum in eine Art Beschäftigungsbann und wen sie nicht von ihrem Vorhaben begeistern konnte, den zwang sie zumindest zur unmittelbaren Mitarbeit.

Während ihre wild gestikulierenden Hände und Arme den Handwerkern alternative Aufbaumöglichkeiten beschrieben, gab sie Mutter die Order, sich um das Abendessen zu kümmern. Die Handwerker sollten alle Lebensmittel in die Küche bringen und den Expressgarer anschließen. Die Gänse ließen sich damit umgehend zubereiten, das Kraut gehöre in den Supergarer, der sei in dem Geschenkkarton mit der grünen Schleife – ein Weihnachtsgeschenk für uns-, aber sie solle ihn schon mal öffnen, es käme nicht auf die wenigen Stunden bis zur Bescherung an, schließlich bräuchten wir ihn jetzt, und wer wisse schon, wann man wieder zusammenkäme. Ihr Lächeln verschwand dabei nicht ein einziges Mal.

Mein Vater und ich sollten den Handwerkern zeigen, wo sie den Strom herbekämen und klären, ob denn im Vorgarten Platz für die Weihnachtslandschaft sei. Wir müssten uns beeilen. Elsbeth und Gustav wären auf Einkaufstour in der Stadt, weil ihnen die Aufregung hier nicht bekäme. Schließlich sei doch Heiligabend, niemand wolle da Stress haben. Sie sollten ihren Besuch genießen und sich freuen, wenn am Nachmittag bei ihrer Rückkehr alles fertig sei. Wir wollten es nachher doch gemütlich haben. Unmissverständlich klatschte sie in die Hände.

Kapitel 3

Doch so sehr wir uns unter Tante Bustas Regime bemühten – es kam anders. Kurz nach Arbeitsbeginn hatte sich Handwerker Nr. 2 das Steißbein geprellt und blieb auf dem Sofa sitzen. Tante Gertrud setzte sich zu ihm und entschädigte den Armen mit einer Flasche Brandy, die sie zusammen mit kleinen Gläsern genussvoll leerten.

Unsere Mutter und Onkel Steffen bereiteten mit den Handwerkern die Küche für das Abendessen vor: Gänse in den XXL-Expressbräter und Rotkraut mitsamt Kartoffeln in den Supergarer. Um Zeit aufzuholen, stellten sie alle Geräte auf die stärkste Garstufe. Natürlich war unser Wohnzimmer keine vier Meter hoch. Trotz der Versicherungen des ersten Handwerkers, dass folglich eine vier Meter hohe Tanne nicht in den Raum passen würde, musste er trotzdem mit seinen Kollegen den Baum in das Haus schleppen. Auf halben Weg löste sich das straffsitzende Verpackungsnetz und eine Schneise der Verwüstung zog sich vom Flur ins Wohnzimmer. Tante Busta versicherte uns, dass es sich in Erwartung eines schönen Festes nur um eine Kleinigkeit handele, die wir alle zusammen schnell wieder hinbekommen könnten, wenn erst einmal das Wohnzimmer und der Außenbereich hübsch aussähen.

Als der Baum im Wohnzimmer lag, musste auch Tante Busta einsehen, dass er nicht in voller Höhe aufgestellt werden konnte. Auf ihre Anweisung hin schmiss Oberhandwerker 1 die Kettensäge an.

Schließlich standen drei Bäumchen im Wohnzimmer, die mit den umliegenden Sägespänen und dem Krippenspiel eine höchst dekorative Landschaft darstellten.

Die Inbetriebnahme des Gaskamins ′Lagerfeuer Idylle′ erwies sich als unerwartet kompliziert. Handwerker 3 hatte alles gemäß Aufbauanleitung angeschlossen und die Gasflaschen weit aufgedreht. Dennoch wollte sich kein Feuer zeigen.

Draußen kamen wir hingegen gut voran. Handwerker 4 war motiviert und es machte uns Freude zu helfen. Die Weihnachtslandschaft Santa Claus hatten wir rechtzeitig zur Dämmerung aufgestellt. Es war zu glatt auf dem Dach, um die dreihundert Meter lange Lichterkette dort zu befestigen. So hängten wir sie vom Hauseingang über die Bäume hinüber zum kleinen See im Park. Endlich war es soweit. Vater schaltete den Strom ein.

Uns allen stockte der Atem. Es sah fantastisch aus. Santa Claus und seine Rentiere leuchteten in einem hellen, warmen Licht und verwandelten unseren Vorgarten bis hinunter zum Stadtparksee in eine unsagbar schöne Winterlandschaft. Einige Schneeflocken tanzten leise durch die Luft. Wir umarmten uns und riefen die anderen. Onkel Steffen fingerte eine Zigarre aus seiner Jackentasche hervor, die er feierlich entzündete. Klara hüpfte um den Schlitten. Die Handwerker standen Schulter an Schulter, ihnen wurde warm ums Herz. Meine Mutter hatte sich einen Mantel übergeworfen und stand sprachlos in der Eingangstür. Vater drückte mich fest. Tante Bustas Kommentare und Verbesserungsvorschläge versanken im Hintergrund, wie bei einem Radio, dessen Lautstärke man leiser dreht. Ja, der Tag war stressig gewesen, aber dieser Anblick entschädigte uns für alle Strapazen.

Doch zur Ruhe kamen wir nicht.

„Hilfe! Die Gänse brennen!", alarmierte uns Tante Gertruds Stimme. So schnell wir konnten, liefen wir in die Küche. Schwarzer Rauch stieg aus dem XXL-

Superbräter. Handwerker 2 begriff sofort und wies seine Kollegen an. Zusammen zogen sie den Nikolausschlitten ins Haus, den Flur entlang in die Küche, hievten den XXL-Superbräter mitsamt Gänsen auf den Schlitten und schoben alles schnell nach draußen. Blitzgekühlt und festlich beleuchtet standen unsere Weihnachtsbraten vor dem Haus, während Tante Busta uns mit Vorwürfen über die Garzeit nervte. Schließlich ordnete sie an hinauszugehen, um zu sehen, was noch zu retten sei.

Doch so pragmatisch die Rettungsaktion der Gänse war, hatten wir eines nicht bedacht. Onkel Steffen fand als erster die passenden, wenn auch beunruhigenden Worte: „Er fährt tatsächlich. Die Kufen gleiten!"

Der Schlitten war auf dem kleinen Hang in Fahrt gekommen. Erst langsam, kaum merklich. Doch nun rodelten unsere Gänse im Superbräter unter dem weihnachtlichen Kommando von Santa Claus die Lichterkette entlang zum Stadtparksee hinunter.

Alle sprinteten den Weihnachtsbraten hinterher. Alle außer Onkel Steffen, der dem Spektakel mit leuchtenden Augen zusah. Er war fasziniert von der Detailtreue und Funktion des Schlittens. Klara hielt es für ein Wettrennen und hoffte, Erste zu werden. Jeder gab sein Bestes. In diesem Moment hielt ein Taxi auf der Auffahrt und Elsbeth und Gustav stiegen aus. Das Bild, das wir ihnen boten, kommentierten sie zeitgleich: „Gediegen! Sehr gediegen!"

Die Stromleitung, die zum Schlitten führte, spannte sich auf die maximale Länge. Der Schlitten stoppte kurz, der Stromstecker löste sich aus der Steckverbindung und das Licht erlosch. Im Lichtkegel der Straßenlaterne sahen wir dem Gefährt zu, wie es weiterschlitterte, auf den See hinaus, vorbei am „Betreten verboten!" - Schild, bis es zum Stehen kam. Für einen Moment.

Dann knirschte es. Das Eis brach und unsere Weihnachtsgänse versanken im städtischen See. Leicht wogten die Eisschollen noch hin und her, dann war es ruhig. Eine friedliche Stille lag in der Luft. Niemand sagte etwas. Selbst Tante Busta nicht. Ein weihnachtlicher Segen für uns alle, dachte ich insgeheim und ahnte, dass ich mit diesem Gedanken nicht allein dastand. Vater holte tief Luft. Er wusste, was jetzt zu tun war, um das Weihnachtsfest noch zu retten.

Seitdem haben wir weder von Tante Busta noch vom Rest der Verwandtschaft wieder etwas gehört. Ich glaube, dass es auch gut so ist. Mein Vater zieht seit jenem Tag an Heiligabend den Telefonstecker aus der Anschlussdose und ordnet an, nicht an die Tür zu gehen, falls es bimmeln sollte. Aber das tat es seit jenem Weihnachtsfest nie wieder.

Weihnachten feiern wir im kleinsten Kreise. Ruhig und beschaulich. Und das soll auch so bleiben …

Hat Ihnen dieses Buch gefallen?
Dann bleiben Sie doch im Boot!

Weitere Informationen unter:
www.tredition.de/autoren

FSC
www.fsc.org
MIX
Papier | Fördert
gute Waldnutzung
FSC® C083411